Marco Gerke
Zimmer 18 und weitere Kurzgeschichten

AF205833

Zu diesem Buch

Zimmer 18: Der Zivildienstleistende Simon lernt einen älteren Patienten kennen, welcher ihm ein dunkles Geheimnis aus der Kriegszeit offenbart.

Goldberg-Variationen: Mitten im Konzert unterläuft einem Starpianisten ein Verspieler, der ihn in eine existenzielle Krise stürzt.

Blutzoll: Auf einer Zugfahrt mit seiner Verlobten gerät ein Schriftsteller ins Grübeln, ob sie als Paar überhaupt zusammenpassen.

Die Dolmetscherin: Eine Dolmetscherin hat die brisante Rede eines autokratischen Präsidenten vor der UN-Vollversammlung zu übersetzen.

Mixed Tapes: Auf dem Flohmarkt kauft sich ein Mann ein paar Audio-Musikkassetten, von denen eine eine Überraschung birgt.

Die Käfer sind HERVORGEKOMMEN: Eine Frau erhält eine E-Mail von einem unbekannten walisischen Sozialarbeiter aus Nigeria, mit dem sie sich in der Folge anfreundet, bis, ja bis …

Tod am Mittag: Am Hauptbahnhof wird ein Mann zufällig Zeuge eines verstörenden Vorfalls.

Jenseits vom Eden: Ein Versicherungsangestellter trifft im Bordell unerwarteterweise auf eine gute alte Bekannte.

Marco Gerke

Zimmer 18

und weitere Kurzgeschichten

Bibliografische Information der Deutschen Nationalbibliothek:
Die Deutsche Nationalbibliothek verzeichnet diese
Publikation in der Deutschen Nationalbibliografie;
detaillierte bibliografische Daten sind im Internet
über http://dnb.dnb.de abrufbar.

Umschlaggestaltung: Marco Gerke unter Verwendung eines eigenen Linolschnitts.

Herstellung und Verlag: BoD – Books on Demand,
Norderstedt.

ISBN: 978-3-7494-2198-5

Inhalt

+ hidden track

Zimmer 18

„Zimmer 18", rief mir die Krankenschwester zu und reichte mir das Tablett aus dem Essenswagen an. Sie verzog ihr Gesicht dabei fast unmerklich und schob noch aufmunternd „Du machst das schon!" hinterher.

In der morgendlichen Übergabe war der Problemfall aus Zimmer 18 – ein gewisser Herr Schneider – ausführlich besprochen worden; ein sechsundsiebzigjähriger Herzinfarkt, der in der vergangenen Nacht von der Intensiv- auf unsere Privatstation verlegt worden war.

Ihm ging ein Ruf wie Donnerhall voraus: Es hieß, er habe sich auf allen früheren Stationen im Hause ungebührlich aufgeführt und das Pflegepersonal regelrecht schikaniert, so dass sich ein erheblicher Teil desselben schlichtweg weigerte, sein Zimmer überhaupt zu betreten.

Bisweilen sollen auf seinen früheren Stationen sogar Streichhölzer gezogen worden sein, so dass derjenige mit dem kürzesten Holz fortan die Behandlung des widerborstigen Patienten zu übernehmen hatte.

Als ich somit leicht angespannt in sein Zimmer trat, traf ich dort auf einen distinguierten älteren Herrn, der mit einem Buch in der Hand – den Reich-Ranicki-Memoiren, wie ich gleich auf einen Blick erkannte –, auf dem Bett saß.

Sein schlohweißer Schopf war derart überakkurat gegelt und gekämmt, dass sich an einigen Stellen noch die Furchen ausmachen ließen, die sein Kamm in die glatten Haare gegraben hatte.

Auf der Nase trug er eine poppig-rote halbe Lesebrille, die Bügel hinten mit einer schwarzen Schnur verbunden, was es ihm erlaubte, die Brille tagsüber die meiste Zeit leger vor der Brust baumeln zu lassen.

Allem Anschein nach war das Gestell schon eine halbe Ewigkeit nicht mehr von einem Optiker gerichtet worden, so liederlich, wie es sich von einem Ohr zum anderen hangelte. Zudem wies der linke Bügel Spuren einer notdürftigen Reparatur mit einem transparenten, im Gegenlicht glänzenden Klebestreifen auf.

Sein Kaschmir-Bademantel dagegen war ausgesprochen edel und mochte gut und gerne ein paar hundert Euro gekostet haben.

Mein umherschweifender Blick blieb danach an seinem Nachttisch hängen, dessen Ordnung weit über das gewohnte Maß hinausging: Alle Gegenstände darauf – dutzende Bücher, Magazine sowie etliche mutmaßliche Besucher-Mitbringsel (zwei, drei Pralinen-Schachteln unterschiedlicher Größe nebst einigen Tafeln feiner belgischer Schokolade der Geschmacksrichtung Rum-Trauben-Nuss) – standen exakt bündig Kante an Kante, ganz so, als wenn sich keines der Dinge traute, aus dieser einmal vorgegebenen Disziplin und Ordnung auszuscheren und die pedantisch gezogenen Demarkationslinien auch nur einen Millimeter zu übertreten.

Ich stellte das Frühstückstablett auf seinem Tisch ab und gab ihm hernach auch noch einmal förmlich die Hand: „Morgen, Herr Schneider. Ich bin der Zivi Simon."

Sobald er das Tablett akkurat auf dem Nachttisch zurechtgerückt hatte – ein Anliegen, dem er so lange seine uneingeschränkte Aufmerksamkeit widmete, bis ihn das Endergebnis vollauf zufriedenstellte –, sah er mir kurz, aber umso intensiver in die Augen und grummelte vor sich hin: „Ja wunderbar – die allerneueste Lichtgestalt unter all den unvergleichlichen Geistesgrößen hier! Ich vermute mal, diesmal haben SIE den Kürzeren gezogen?!"

„Sie werden lachen, aber ich habe heute Morgen bei der Übergabe in der Tat die Arschkarte gezogen – insofern kann ich Ihnen zu einer wahren Arschkarten-Behandlung gratulieren!", gab ich ihm eher mäßig schlagfertig, zumindest aber ausreichend flapsig zur Antwort, um bei ihm, dem verdutzten Gesichtsausdruck nach zu urteilen, gehörig Eindruck zu hinterlassen.

Er nahm seine Brille ab, wickelte sie sorgsam in ein Papiertaschentuch ein, steckte den weißen Wickel in ein Brillenetui und musterte mich, nachdem er ihm in der Nachttischschublade einen geeigneten festen Platz im Gesamtgefüge zugewiesen hatte, noch einmal vom Scheitel bis zur Sohle:

„Sie erinnern mich frappierend an meinen Sohn Siegfried – fast die gleiche Hakennase, und sogar Ihre Glupschaugen sind seinen zum Verwechseln ähnlich".

„Herr Schneider", meinte ich auf seine reichlich unverschämte Spitze, „ich muss jetzt erst mal weiter, sonst reißen mir die Schwestern den Kopf ab" und verließ umgehend den Raum, um das Verteilen des Frühstücks zügig zu Ende zu bringen. Wir waren durch den schwer pflegebedürftigen Schlaganfall von Zimmer 16 nämlich ohnehin schon in erheblichem Zeitverzug.

Der Dienst zog sich den weiteren Morgen über mit den typischen Routinearbeiten eines Zivildienstleistenden hin: Erst nahm ich bei allen Patienten die Blutdruck- und Puls-Werte, dann holte ich beim Gang durchs Haus unter anderem die Post vom Pförtner ab und aus dem immerzu nach irgendwelchen Chemikalien muffelnden Labor im Keller die Patientenwerte. An der Schwelle zum Labor stellte ich mich jedes Mal einer Art sportlicher Herausforderung, die Luft innerhalb der Laborräume so lange anzuhalten, bis ich außerhalb wieder den Flur zum Treppenhaus erreichte. Ich bildete mir ein, nur auf diese Weise gesundheitliche Spätschäden durch die chemischen Ausdünstungen abwenden zu können.

Bis zum Mittag waren dann noch alle benutzten Pfannen, Nachtstühle, Urinflaschen und Nierenschalen gründlich mit Desinfektionsmittel zu säubern sowie die Arbeitsräume selbst in Ordnung zu bringen, bevor um kurz vor halb zwölf der Wagen mit dem Mittagessen aus der Küche hochkam.

Oberschwester Veronika hatte den gemächlich ausrollenden Wagen auf dem Flur bereits in Empfang genommen, öffnete ihn und ging gleich darauf

– alles in einer fließenden, fast tänzerischen Bewegung – leicht in die Knie. Dabei ließ sie ihren nach hinten gelegten Kopf zucken und kreisen, wodurch sie sich offenkundig einen schnelleren Überblick über die Lage im Innern des Wagens versprach.

Als sie hierbei etwas Bestimmtes erblickt hatte, huschte ein Lächeln über ihr Gesicht und sie fischte nach einer ganz speziellen, DER Essenskarte. Im Nu hatte sie das davor im Wege stehende Brett umrangiert, um das hintere aus dem Dunkel hervorziehen zu können und drückte mir das Tablett zur besagten Karte mit einem gedämpft hervorgepressten „Herr Schneider" in die Hand samt kurzer Kopfbewegung in Richtung seines Zimmers schräg gegenüber.

Schon möglich, dass ich mich täuschte, aber in dem Moment hätte ich Stein und Bein schwören können, dass sich unsere taffe Stationsschwester Veronika beim Aussprechen seines Namens ein Stück weit geduckt hatte.

„Au ja, da ist ja wieder unser Pisspott-Schieber", rief mir Schneider entgegen, im Tonfall zwischen kindlich ausgelassen und offen provokant changierend, und mir war, als hätte er sich dabei zu einem Mona-Lisa-Lächeln durchgerungen. Im Nachhinein erklärte ich mir das aber doch eher mit dem verzerrenden blaustichigen Licht seiner Zimmerlampen, welche den trüben Spätherbsttag mehr schlecht als recht aufzuhellen versuchten.

„Pisspott-Schieber meldet sich pünktlich zur Raubtier-Fütterung", parierte ich seinen Affront postwendend, woraufhin Schneider kurz aufprusten musste, um sich gleich darauf zu besinnen und wieder genauso ernst zu werden wie vordem.

Dieses Ping-Pong-Spiel gegenseitig entgegengebrachter kleiner Frechheiten wurde in der Folge von uns beiden regelrecht kultiviert, wodurch sein ungewöhnlich feiner, hintergründiger Humor zutage trat, den er allerdings offenbar nur in meiner Gegenwart aufblitzen ließ.

Dem gesamten restlichen Personal gegenüber verhielt er sich demonstrativ barsch und unkooperativ und gab sich nicht die geringste Mühe, mit seiner Abneigung gegen die Welt im Allgemeinen oder das Stationspersonal im Besonderen hinterm Berg zu halten.

Gewöhnungsbedürftig war ohne Zweifel auch die Art und Weise, wie Schneider jeden Morgen sein Frühstücksei zu zelebrieren pflegte, indem er es nicht in landläufiger Manier einfach köpfte, sondern mit chirurgischer Präzision der Länge nach in zwei gleichgroße Hälften teilte, derweil er nach allen Seiten Ausschau hielt, ob nicht irgendjemand diese originelle Eigenheit eines ausgemachten Querkopfes zu würdigen wusste.

Doch im Strom der mannigfaltigen, oft genug ausufernden täglichen Stationsarbeit schien keiner meiner Kollegen weder diese noch je eine andere seiner zahlreichen weiteren Grillen registriert zu haben.

Überdies war ich wohl wirklich der Einzige auf unserer Station, der überhaupt eine Antenne für derlei exzentrische Anwandlungen besaß, was mich für ihn zum einzig wahren Ansprechpartner im gesamten Haus werden ließ, wie sich ein paar Tage später noch erweisen sollte.

Denn so wie seine Persönlichkeit gestrickt war, ließ sich Schneider von den Ärzten und anderen höhergestellten Funktionsträgern der Klinik schon einmal gar nichts sagen. Besonders der Chefarzt mit seinem aufreizenden Professorentitel und entsprechend geckenhaftem Auftreten vor den Patienten war für ihn das rote Tuch schlechthin, an dem er sich abzuarbeiten beliebte.

Es hatte den Anschein, dass Schneider förmlich Genuss daraus zog, seine abgrundtiefe Verachtung für solche Respektspersonen noch unverblümter zum Ausdruck zu bringen als das beim übrigen einfachen Personal ohnehin schon der Fall war.

Denn wann immer er unseren Professor demonstrativ ohne dessen akademischen Titel ansprach – und das kam fast täglich vor –, war Schneider eine diebische Freude über das nun folgende, immer gleiche Schauspiel anzumerken: Der derart angepiekste Professor hielt darauf jedes Mal für einen Augenblick inne und rang sichtlich mit sich, wie und ob er auf die Provokation reagieren sollte. Letztlich fuhr er dann aber doch mit seiner Beschäftigung fort, als wäre nichts geschehen, als hätte er die wohlgesetzte Respektlosigkeit einfach überhört, was angesichts seines Zögerns schon ziemlich drollig wirkte.

Einmal allerdings gerieten sich die beiden gestandenen Männer aus irgendeinem lachhaft nichtigen Grund heftig in die Haare. Sie gifteten sich erstaunlich hartnäckig in einer Weise an, dass die benachbarten Patienten verstört aus ihren Zimmern kamen, um nach dem Rechten zu sehen.Letztlich gelang es mir dank meines Einflusses auf Schneider und einer guten Prise Diplomatie, den unerbittlichen Hahnenkampf ohne weiteres Aufheben und mit einem für beide Seiten geringstmöglichen Gesichtsverlust zu beendigen.

Dass Schneider wirklich eine Art Sympathie für mich empfand, war in der Folgezeit kaum mehr zu übersehen, da er selbst bei Petitessen mit bemerkenswerter Beharrlichkeit ausdrücklich nach mir verlangte und sich bockig wie ein Kleinkind gab, wenn ich gerade keinen Dienst hatte und jemand anderes für seine Betreuung abgestellt war.

Im Laufe der nächsten Tage zog er mich mehr und mehr in sein Vertrauen und erzählte mir zahlreiche Anekdoten aus seinem Privatleben: Von seiner katzenfreundlichen Ehefrau, die sich zu ihren wildesten Zeiten so gut wie keiner außerhäuslichen Liebschaft verschließen mochte; vornehmlich aber von seinem tumben Sohn Siegfried, einem ausgesprochenen Nichtsnutz, der in allen Lebensbereichen mit Pauken und Trompeten gescheitert sei.
Dessen schicksalhafte wie selbstverschuldete Schiffbrüche und Bauchlandungen breitete er in immer abenteuerlicheren Schwänken genüsslich vor mir aus, was erkennen ließ, dass er geneigt war, für eine gelungene Pointe sogar sein eigen Fleisch und Blut ohne Not oder erkennbare Skrupel dem Nächstbesten preiszugeben.

Daneben lästerte er ebenso amüsant wie treffsicher über die Unzulänglichkeiten meiner Arbeits-

14

kollegen – vor allem unsere Stationsschwester Veronika diente ihm dabei als bevorzugte Zielscheibe seiner Giftpfeile.

Im Zuge seiner Lästereien ließ Schneider eine außergewöhnliche Beobachtungsgabe erkennen, ein geschultes Auge für kleinste Details außerhalb des gängigen Radars. So blieb ihm auch keine noch so unscheinbare menschliche Schwäche verborgen; teilweise provozierte er diese freilich auch erst durch sein Verhalten, wenn er seinen jeweiligen Gesprächspartner mit psychologischer Raffinesse und der Schlagfertigkeit und Rhetorik eines ehemaligen Juristen in die Enge trieb, um gegebenenfalls bei einer nachfolgenden unbedachten Reaktion des Gegenübers zielsicher wie ein Raubvogel in dabei freigelegte offene Flanken zu stoßen.

Sein angeschlagenes Opfer pflegte er erst dann aus seinen Fängen zu lassen, wenn er deutliche Anzeichen einer Unterwerfung bei ihm zu erkennen glaubte.

War Schneider aus einem solchen Duell als Sieger hervorgegangen – was in den Auseinandersetzungen mit meinen Kollegen von der Station der Normalfall war –, ließ er umgehend von seinem Kontrahenten ab, um im nächsten Moment diesem gegenüber wieder andere, unbeschwerte Gesprächsthemen anzuschneiden. Eine nur auf den ersten Blick großmütige Geste, denn in Wahrheit steckte dahinter eher der Gedanke, den soeben unterworfenen Sparringspartner bewusst wieder aufzurichten für eines der nächsten absehbaren Scharmützel. Offenbar brauchte der alte Herr diese groben Rangeleien für sein Wohlergehen ähnlich dringend wie die Luft zum Atmen.

Es war aber keineswegs so, dass nur Schneider von meiner Person angetan war; auch ich meinerseits begann, mich mehr als notwendig auf den Kauz einzulassen. Ja, ich ertappte mich dabei, wie es mich, sobald auf der Station etwas Leerlauf war, fast schon magnetisch Richtung Zimmer 18 zog – immer von dem Hintergedanken getrieben, unseren geistreichen Frotzeleien fortwährend neue Kapitel hinzuzufügen.

So verliefen die darauffolgenden Tage in diesen vertrauten Bahnen, bis ich ihm eines Morgens wieder sein Standard-Frühstück – zwei Croissants mit ebenso vielen kleinen Gläschen englischer Orangenmarmelade und einem Cappuccino, den wir ihm an der Espressomaschine im Schwesternzimmer extra aufzuschäumen hatten – aufs Zimmer brachte.

In Gedanken hatte ich mir einen unverschämten Spruch zu seiner quietschroten Brille zurechtgelegt, mit dem ich ihn aufs Neue aus der Reserve locken wollte, doch er kam mir um Sekundenbruchteile zuvor und eröffnete mir aus heiterem Himmel:

„Ach, übrigens, Herr Zivi, falls es Sie interessieren sollte: Ich war damals auch so ein verdammter – heute würde man sagen: strammer – Nazi wie alle anderen, zuvörderst ein glühender Verehrer unseres Führers, für den ich ohne mit der Wimper zu zucken bereit war, jederzeit durchs Feuer zu gehen – und das nicht nur im übertragenen Sinne. Jetzt können Sie mich, wenn Sie wollen, genauso verteufeln wie Ihre ganzen minderbemittelten Kollegen!"

16

Dabei sah er über die halbe Brille hinweg streng, schon fast angriffslustig zu mir herüber, wie ich es noch nie zuvor bei ihm erlebt hatte. Auch der Ton seiner Stimme nahm sich bedrohlich aus und klang in meinen Ohren eigenartig metallisch nach, selbst dann noch, als ich schon längst wieder draußen am Essenswagen stand. Sogar noch etliche Stunden später, da ich am frühen Nachmittag nach Dienstschluss auf die Straße in den kalten grauen November hinaustrat und einige tiefe Züge der klaren Luft nahm, kamen mir seine schnarrenden Worte erneut in den Sinn.

Ich hatte nicht die geringste Ahnung, welche Laus ihm über die Leber gelaufen war oder was sonst ihn zu dieser nebulösen Aussage geritten haben konnte. Den unmittelbaren Auslöser dafür, wenn es denn überhaupt einen gegeben haben mochte, habe ich bis heute auch nicht in Erfahrung bringen können.

Der Vorfall warf selbstredend einen dunklen Schatten auf unsere Beziehung: Die Konversation zwischen uns lief von da an in sachlich-unterkühltem Ton ab und beschränkte sich – zumindest was meine Person anbetraf –, aufs unbedingt Notwendige; die unschuldigen Neckereien waren zur Gänze verflogen.

Was bei unseren nächsten Aufeinandertreffen folgte, waren im Wesentlichen kleinere Monologe Schneiders, in denen er immer wieder ansetzte, mir weitere Begebenheiten aus seinem Leben zu schildern, während ich betont unbeteiligt meiner Arbeit nachging.

Manchmal gab ich gar der Verlockung nach, mitten in seinem Erzählfluss – vorzugsweise an der entscheidenden Stelle unmittelbar vor einer zu erwartenden Pointe –, das Zimmer zu verlassen, ohne auch nur ein Wort an ihn zu richten.

Ich wollte ihn schon deutlich spüren lassen, was ich von der ganzen unverbesserlichen Nazi-Brut hielt, zu der er sich ja nun ausdrücklich selbst gezählt hatte ...

Schneider mussten die Erlebnisse aus der Zeit des Dritten Reichs zentnerschwer auf der Seele liegen, so wie es ihn drängte, mir seinen Alltag während der Diktatur unaufgefordert näherzubringen, so wie er unaufhörlich Belege für seine damaligen Bemühungen anzuführen suchte, in einem durch und durch verrohten Umfeld noch ein anständiger Kerl zu bleiben.

Kurios, um nicht zu sagen schizophren fand ich allerdings, dass es ihm dabei offenbar einzig und allein darum zu tun war, das vorher mir gegenüber geäußerte Nazi-Geständnis immer weiter zu entkräften oder genauer gesagt buchstäblich in sein Gegenteil zu verkehren, fast so, als sei er damals eine Art Widerstandskämpfer gewesen.

Ich gewann jedoch mehr und mehr die Überzeugung, dass nahezu alle seine Geschichten aus der Nazizeit zumindest reichlich geschönt ausfielen, wenn nicht zu beträchtlichen Teilen seiner Phantasie entsprungen waren.

Denn dass ausgerechnet er der Menschenfreund in Person gewesen sein sollte, der sich unter hohen Risiken praktisch selbstlos für seine Mitmenschen eingesetzt hätte, war für mich in keiner Weise mit seinem jetzigen offen menschenverachtenden Charakter in Übereinstimmung zu bringen.

Doch trotz dieser Vorbehalte ließ ich ihn noch eine Weile ungeschoren an seiner eigenen Legende stricken, freilich nicht ohne an Stellen, die mir allzu hanebüchen erschienen, einzuhaken und ihm meine Zweifel an deren Korrektheit anzumelden.
Daraufhin milderte er die eben noch in grellen Farben ausgemalten eigenen Heldentaten etwas ab oder wechselte abrupt zu anderen Ereignissen aus seinem Leben, die seine untadelige Gesinnung in ähnlicher Weise belegen sollten.

Von der Pike auf war uns vonseiten der Pflegedienstleitung eingeimpft worden, den Patienten — zumal unseren privatversicherten — jeden Wunsch von den Augen abzulesen, ihnen darüber hinaus jede Unannehmlichkeit wo möglich schon im Vorfeld geräuschlos aus dem Wege zu räumen. Und doch war für mich irgendwann der Punkt erreicht, an dem ich Schneider mit seinen offensichtlichen Münchhausiaden nicht mehr einfach davonkommen lassen konnte und ihn ohne weitere Umschweife mit meiner eigenen abweichenden Sicht der Dinge konfrontierte:

„Mein werter Herr Schneider, lassen sie mich ehrlich zu Ihnen sein: Ich nehme Ihnen Ihre netten Anekdötchen aus der Nazizeit kein Stück ab. Wie Sie letztens schon selber bemerkt haben, bin ich wohl wirklich deutlich weniger unbedarft als meine Kollegen — schließlich habe ich Abitur und darüber hinaus nicht die schlechteste Menschenkenntnis.

Wenn sich denn alles so abgespielt hätte wie von Ihnen geschildert, dass Sie sich ständig mit den Nazis angelegt hätten, wären Sie als renitentes Subjekt mit Sicherheit ohne langes Federlesen einkassiert worden und dann, nach allem, was wir heute wissen, über kurz oder lang wohl entweder im Gefängnis oder im KZ gelandet.

Meiner Ansicht nach wäre es für Sie dringend an der Zeit, sich mal aufrichtig Ihrer eigenen Vergangenheit zu stellen und innerhalb Ihrer Biographie Dichtung und Wahrheit ein für alle Mal sauber voneinander zu trennen. Das scheint mir bei Ihnen nämlich mittlerweile alles zu einem Gewirr zerfranster, teils verknoteter Fäden verkommen zu sein. So jedenfalls merkt jedes Kind, dass Ihre Darstellung hinten und vorne nicht stimmen kann.

Vielleicht erzählen Sie mir ja mal irgendwann Ihre wahre Geschichte – dann allerdings hoffentlich um sämtliche Halb- und Unwahrheiten bereinigt …"

Reichlich überhastet raffte ich Blutdruckmessgerät und Stethoskop zusammen und stieß mir beim überstürzten Verlassen des Zimmers noch böse die Hüfte an seinem Bett, so dass ich von dem vorangegangenen Disput ein großflächiges braunviolettes Souvenir an meiner rechten Körperseite davontrug, an dessen wechselndem Farbenspiel ich noch etliche Tage meine Freude hatte.

Nach dieser Kontroverse zeigte sich Schneider mir gegenüber noch einmal von Grund auf verändert: Nicht genug damit, dass seine vormalige übertriebene Redseligkeit ins glatte Gegenteil umgeschlagen war, würdigte er mich von da an kaum mehr eines Blickes. Er antwortete, wenn überhaupt, nur noch einsilbig und stellte sich, wann immer er im Bett lag, vorzugsweise schlafend. Wollte ich ihm eine belanglose Freundlichkeit entgegenbringen, würgte er mich betont brüsk ab, ganz so, wie er es immer schon mit all meinen Kollegen hielt.

Die verkrampfte Situation dauerte geraume Zeit an und nichts deutete darauf hin, dass sich die verhärteten Fronten noch einmal aufweichen ließen, als ich ihm eines Nachmittags einen Cappuccino mit gedecktem Apfelkuchen und Schlagsahne auf dem Zimmer servierte.

„Simon, es tut mir wirklich leid, wie ich mich die letzten Tage Ihnen gegenüber aufgeführt habe, wo Sie doch in allen wesentlichen Punkten recht hatten und meine Verlogenheit – anders kann man das wohl nicht bezeichnen – von Anbeginn durchschaut hatten – Respekt!"

Die Sache schien ihm letzten Endes doch einigermaßen unangenehm zu sein, wenn man ihm seinen etwas aufgesetzt wirkenden Dackelblick von schräg unten abnehmen wollte.

„Wofern man sich die maßgeblichen Kapitel seiner Biographie schon über Jahrzehnte zurechtgebogen hat wie ich, gehen die Lügen irgendwann in Fleisch und Blut über und wandeln sich schleichend in unumstößliche eigene Wahrheiten.

Ihr kritischer Kommentar letztens hat dann mein ganzes, auf tönernen Füßen stehendes Lügengebäude nach mehr als einem halben Jahrhundert auf einen Schlag krachend zum Einsturz gebracht, was ich in der Form niemals für möglich gehalten hätte.

Schon paradox: Auf der einen Seite hat es mich natürlich in meiner Ehre getroffen, von Ihnen der Lüge bezichtigt zu werden, auf der anderen hatte ich unbewusst wohl genau dies – die Konfrontation mit der harten Realität – beabsichtigt. Ansonsten hätte ich mich Ihnen gewiss nicht in der Weise anvertraut.

Normalerweise bin ich nämlich nicht im Mindesten der Typ, der von sich aus auf die Leute zugeht und direkt persönliche Dinge ausplaudert – ganz im Gegenteil sind mir solche Personen eigentlich ausgesprochen suspekt, das können Sie mir glauben.

Keine Ahnung, aber ich habe Sie wohl einesteils unbewusst, andernteils gezielt ausgewählt, alldieweil ich vermutlich spürte, dass Sie die einzige und letzte Person sein könnten, die meine Vergangenheit einer gebührlichen moralischen Bewertung zu unterziehen in der Lage seien.

Wenn ich mich nicht täusche, scheint es momentan ja ziemlich ruhig auf Ihrer Station zu sein. Sollte es Ihnen also möglich sein, nächsthin irgendwann etwas Zeit für mich zu erübrigen, würde ich versuchen, Ihnen meine Geschichte so wahrheitsgetreu und schonungslos wie möglich nachzuzeichnen. Was sagen Sie?!"

Ich nahm mir etwas Bedenkzeit heraus, indem ich ihm scheinbar geschäftig Bett- und Stecklaken glattzog sowie Kissen und Oberbett aufschlug, bevor ich auf seinen Vorschlag einging:

„Von mir aus hätten wir jetzt bis zum Abendbrot genügend Zeit. Könnte allerdings gut sein, dass mittendrin eine der Schwestern meine Hilfe benötigt und nach mir klingelt – in dem Fall müssten wir die Geschichte fürs Erste unterbrechen. Doch so wie es aussieht, ist davon erst einmal nicht auszugehen. Also, von mir aus können Sie direkt loslegen. Aber ich sage Ihnen gleich: Sollte ich merken, dass Sie wieder Tatsachen verdrehen und mich noch einmal für dumm verkaufen wollen ...“

„Ja, ja – versprochen“, würgte er mich mit theatralisch ausladendem Beschwichtigungsgestus ab.

Ich ruckelte mir den Besucherstuhl von der gegenüberliegenden Wand zurecht, währenddessen Schneider im Bademantel an mir vorbei zur Fensterwand schlurfte und einen längeren Moment über Dom und Rathaus hinweg in die Ferne blickte, ehe er endlich zu erzählen anhob:

„Ich war damals neunzehn und Ursula, meine Frau, wenige Monate zuvor mit unserem Siegfried niedergekommen, als ich den Einberufungsbefehl für die Ostfront zugestellt bekam – das muss im Mai 1942 gewesen sein.

Schon ein paar Tage darauf wurde ich mit der Bahn in eine Ortschaft nahe Charkow, heute Ukraine, gekarrt, wo ich als Sanitäter an vorderster Front zum Einsatz kam.

Niemals zuvor noch danach habe ich derartige Gräuel erlebt wie in diesem Schlachtgemetzel.

Am Schlimmsten dabei war sicher der Anblick der immer mal wieder von uns mit dem Lazarettwagen abtransportierten Kameraden mit heraushängenden

Gedärmen, die Köpfe mitunter halb weggeschossen. Nach wie vor träume ich regelmäßig davon und werde diese selbst heute noch quicklebendigen Untoten wahrscheinlich nie mehr los.

Ich denke, dass diese apokalyptischen Bilder in ihrer geballten Wucht das Quantum dessen, was ein Mensch unbeschadet zu verarbeiten vermag, bei Weitem überstiegen. Aber die Kriegsmaschinerie trieb uns unerbittlich dem totalen Ende entgegen – da wurde auf weichherzige Empfindungen keinerlei Rücksicht genommen.

Nach dem Krieg dann war der Gang zum Psychiater allgemein verpönt beziehungsweise schlicht und einfach außerhalb unserer Lebenswelt. Zu jener Zeit hatte jeder sein eigenes Päckchen zu tragen, für sein nacktes Überleben und das der Familie zu kämpfen, anstatt sich mit unnützen Dingen wie der eigenen, womöglich leicht angeknacksten Psyche zu beschäftigen. Schließlich gab es dafür am Konsum um die Ecke rein gar nichts zu kaufen …

Irgendwann muss ich mich dann schlicht zu alt gefühlt haben – vielleicht waren die Erinnerungen an die Kriegserlebnisse auch schon zu stark verblasst –, als dass ich das brennende Verlangen verspürt hätte, mein innerstes Gefühlsleben unter den Augen irgendeines zudringlichen schwulen Seelenklempners bis ins Kleinste zu durchleuchten.

So bin ich nicht zuletzt durch die Kriegserlebnisse zu ebendiesem Geisterfahrer in Gefühlsdingen, diesem überaus charmanten Arschloch geworden, das Sie hier vor sich sehen.

Doch zurück zu unserer Geschichte: Wenige Wochen nach meiner Stationierung – es war ein ungeheuer stickig-heißer Juni-Tag –, fuhren wir mit dem Lazarettwagen ein paar Kilometer weiter südwärts in einen kleineren Ort, wo wir etliche Besorgungen ... zu ... er..."

In diesem Moment war die Zimmertür nach kurzem, kaum wahrnehmbarem Klopfen zaghaft einen Spalt weit aufgegangen und eine Krankenschwester – den lilafarbenen Strähnen nach musste es sich um Schwester Cleo handeln –, steckte ihren Kopf halb durch die Tür. Und zwar genau so weit, dass sie gerade noch ins Zimmer blicken konnte und die Tür ihr zugleich den größtmöglichen Schutz vor ungebetenen Überraschungen aus dem Patientenzimmer bot.

Alles an ihrem sonderlichen Gebaren sprach dafür, dass sie in dieser Hinsicht schon reichlich Erfahrung auf Zimmer 18 gesammelt haben musste ...

Cleos richtiger Name war eigentlich Mechthild, und wenngleich sie auf unserer Privatstation schon etliche Jahre unter ihrem ursprünglichen Namen bekannt war, stellte sie sich eines Mittags bei der Übergabe völlig unvermittelt noch einmal neu bei uns vor: „Ach, übrigens: Ich heiße ab jetzt Cleo".

Sobald der Wirbel um diese ungewöhnliche Namensänderung im Schwesternzimmer langsam abebbte, zog Mechthild ihr neues, liebevoll gebasteltes Namensschild mit einem Rand aus kleinen bunten Fimo-Pinguinen aus ihrer Tasche hervor und steckte es an ihren Kasack. Damit war die Transformation von Mechthild zu Cleo endgültig vollzogen.

Dieselbe Cleo hatte nun also an der Tür eine sprichwörtliche Position zwischen Baum und Borke eingenommen, bei der sich der obere Teil ihres Kopfes diesseits, der untere einschließlich ihres Mundes aber jenseits der Tür, zum Flur hin, befand. Nach einer Weile des Sich-Räusperns und Hüstelns brachte sie schließlich Ihr Anliegen vor, wobei die Mitteilung für uns im Patientenzimmer wegen ihrer misslichen Lage nur mit Mühe und einiger Kombinationsgabe zu verstehen war:

„Herr Schneider, … gleich … halb zwei runter … Langzeit-EKG. Am besten, … Simon … Mittagessen Bescheid, … Sie begleitet."

„Ja, ja, schon gut, Kleines! Der Papa kommt ja gleich … – Verdammte Scheiße! Hat man denn hier nie seine Ruhe?! – … Langzeit-EKG am Arsch … – … sag das der Veronika genau so: Langzeit-EKG am Arsch!", schleuderte Schneider ihr in einem Tonfall entgegen, der keinen Zweifel daran ließ, dass er sich von da an jede weitere Bemerkung in dieser Sache verbat und eine neuerliche Störung von ihr leicht den Übergang in eine körperliche Auseinandersetzung hätte einläuten können. Dies wurde unterstrichen von seiner gespannten, vorwärtsdrängenden Körperhaltung mit weit vorgerecktem Kopf und bedrohlich hervortretender Halsschlagader; dazu machte er auch noch eine zuckende Armbewegung, als wolle er einen Gegenstand nach ihr werfen.

Seine knallenden verbalen Peitschenhiebe verfehlten ihre Wirkung denn auch nicht: Cleo zog ihren Kopf wie vom Blitz getroffen wieder ein und ließ die Tür in einer abgehackten polternden Bewegung ins Schloss fallen, wodurch sie sich, wenn das Geräusch nicht völlig trog, gehörig den Kopf gestoßen haben musste.

Eine wunderbare kleine Szene, bei der ich mir ein Schmunzeln beim besten Willen nicht verkneifen konnte …

Nach dem denkwürdigen Intermezzo rang Schneider nach Fassung und bemühte sich, den so jäh abgerissenen Faden wieder aufzunehmen:

„Ohne Worte, oder? Unsere gute, alte Cleo, die herzallerliebste lila Milka-Kuh – was für eine unübertreffliche Vollblut-Schabracke! Meiiiiine Herren …! – So, wo waren wir stehengeblieben? … – Überhaupt: Hatte die nicht Anfang der Woche noch orangene Pumuckl-Haare?! … – … Ist ja auch völlig wurscht – wo waren wir? - … Ach ja, richtig - bei der Fahrt mit unserem Lazarettwagen …

Sowie wir … - … Sowie wir dort durch eine Seitenstraße kamen, gerieten wir in einen schweren Hinterhalt: Aus beinahe allen Richtungen schlugen Kugeln in unseren Wagen ein und Willi, mein bester Kamerad, der neben mir an der Fensterseite gesessen und mir auf der Fahrt kaum eine Viertelstunde zuvor noch lang und breit von seiner Verlobten erzählt hatte, bekam eine Kugel in die Schläfe, die ihn unter heftigen Zuckungen alsbald krepieren ließ.

Die restlichen Kameraden und ich tauchten blitzartig in den Fußraum ab. Wir pressten uns so gut es ging auf den Boden, während die Glassplitter der berstenden Fenster wie Konfetti auf uns herabregneten und der Wagen von den Projektilen immer mehr durchlöchert wurde.

Doch mit einem Mal riss das Trommelfeuer für eine längere Dauer – schätzungsweise zwischen einer halben und einer Minute – ab, sei es, dass die Russen den Munitionsgurt an ihrem Maschinengewehr wechseln mussten, sei es, dass es kurzzeitig Ladehemmungen hatte. Wie auch immer: Wir brauchten ein paar Sekunden, diesen Umstand zu realisieren, aber dann packten wir die Gelegenheit umso entschiedener beim Schopfe, Hals über Kopf aus dem Wagen heraus in Richtung eines Weilers zu stürzen, wobei Hoffmann, unser Truppführer, auf halbem Wege einen Blattschuss in den Rücken verpasst bekam.

Leider Gottes ermangelte das offene Gelände aber jedweder Schutzmöglichkeit vor den nun wieder in unverminderter Stärke einsetzenden russischen Salven, so dass wir Hoffmann notgedrungen seinem Schicksal überlassen mussten, wollten wir uns nicht gleich mit einer Kugel im Kopf neben ihn legen.

Ich kann Ihnen sagen: Einen Kameraden unter solchen Umständen im Stich lassen zu müssen, das zerreißt einem schlicht das Herz und schlägt eine Wunde, die bei mir noch heute nachblutet, sooft ich daran zurückdenke.

Etwa fünf- bis sechshundert Meter von unserem Wagen entfernt erreichten wir einen alten, baufälligen Holzschuppen, dem ein Großteil des Daches fehlte wie auch etliche Holzlatten an den Seitenwänden zur Straße hin. In diesem behelfsmäßigen Unterschlupf warteten wir mit unseren Waffen im Anschlag fiebrig auf den finalen Zusammenstoß mit den Sowjet-Soldaten, der uns nun jeden Augenblick bevorstand.

Doch kaum dass wir uns dergestalt in Stellung gebracht hatten, war in einiger Entfernung ein Schusswechsel in hektisch peitschendem Stakkato zu hören, dann ein paar schwere Detonationen, bevor sich eine dröhnende Stille breitmachte.

Wie wir später erfuhren, war uns, ohne dass wir im Vorfeld davon gewusst hätten, ein Wagen unserer Einheit in größerem Abstand gefolgt. Den Kameraden gelang es im Laufe des Gefechts, sämtliche russische Scharfschützen und sonstige feindliche Soldaten vor Ort unschädlich zu machen, allerdings wurden sie selbst dabei vollständig aufgerieben.

Wenn man dieser neuerlichen Metzelei denn etwas Positives abgewinnen wollte, dann allein die Tatsache, dass danach Gott sei dank keiner der Russen mehr in der Lage war, unsere Verfolgung aufzunehmen.

Wir konnten unser Glück kaum fassen, dem Tod solcherweise noch um Haaresbreite von der Schippe gesprungen zu sein. Aber sobald wir wieder einen klaren Gedanken fassen konnten, wurde uns schmerzlich bewusst, dass die Barbaren zwei unserer besten Kameraden wie räudige Straßenköter abgeknallt hatten.

Und das, obwohl unser Wagen doch weithin sichtbar mit dem Roten Kreuz gekennzeichnet war – mithin ein glasklares Kriegsverbrechen!

Eine unheilvolle Mischung aus Wut, Trauer, Hunger und tagelangem Schlafentzug begann sich in mir zusammenzubrauen – dazu die sengende Sonne, die alles dransetzte, meinen Kopf unter dem Stahlhelm zum Platzen zu bringen. In der Summe rief das in mir ein noch nie durchlebtes Übelsein in Verbindung mit phasenweisen Ausfallerscheinungen der Sinne bis hin zu vereinzelter Wahrnehmung surrealer Trugbilder hervor.

Wir hatten unseren manövrierunfähigen Wagen an Ort und Stelle stehen lassen müssen und machten uns deshalb zu Fuß auf den Weg zurück zu unserer Einheit. Als wir etwa eine Stunde mitten durch den ukrainischen Glutofen marschiert waren, stießen wir auf eines dieser typisch russischen strohgedeckten Landhäuser. Vor dem Haus, auf einem Rasenstück neben der staubigen Einfahrt, spielten ein paar kleine Kinder mit ihren Puppen und einem Ball aus Lumpen, soweit ich das erkennen konnte.

Aus der Gruppe stach ein Mädchen in einem weißen Kleidchen und mit zwei flachsblonden Schlaufenzöpfen heraus – unter uns damals auch Affenschaukeln genannt –, die von so piekfeinen rosa Schleifchen gehalten wurden.

Der Anblick des Mädels irritierte mich aufs Äußerste: Ich fragte mich, wie man seine kleine Tochter in diesem verfluchten, einzig aus Staub und Schmutz erbauten Drecksland in ein schneeweißes Kleid stecken und zur Krönung auch noch mit solch absurd kitschigen rosafarbenen Dingern behängen konnte. Als würde es diesen barbarischen Krieg nicht geben, als wären wir vielmehr alle gemeinsam auf einen Kindergeburtstag eingeladen und würden gleich zum launigen Topfschlagen antreten – unglaublich!

In der Rückschau war dieser Umstand, wie lächerlich unbedeutend er bei Lichte betrachtet auch erscheinen mag, ohne jeden Zweifel der entscheidende letzte Tropfen, der das Fass für mich zum Überlaufen brachte …

Das Darauffolgende ist mir bis heute unerklärlich geblieben, und auch in dem Augenblick fühlte es sich für mich eher so an, als stünde ich neben mir und sähe mir bei der Handlung wie ein Unbeteiligter zu: Völlig unfähig, auch nur einen Finger gegen den eigenen Körper zu rühren, der sich praktisch ohne mein Dazutun unaufhaltsam in Bewegung setzte …

Wie von Sinnen ging ich auf die Gruppe Kinder los, schnappte mir das kleine Russen-Mädchen mit den verdammten rosa Schleifchen und schleuderte es, den Kopf voran, mit voller Wucht gegen den Stamm eines seitlich stehenden Apfelbaums. Danach zuckte es, rücklings auf dem Rasen liegend, mit seinem deformierten Gesicht nur noch vor sich hin.

Das schwerverletzte Mädchen auf dem Boden nahm ich in dem Moment in grotesk verzerrt-verschwommener Weise wahr, vielleicht am ehesten noch mit den bizarren Spiegelbildern dieser Zerrspiegel aus den Lachkabinetten vergleichbar, wie es sie damals auf jedem Jahrmarkt gab. Dazu sah ich mehrere Äpfel in Zeitlupentempo lautlos neben seinem zierlichen Körper niedergehen.

Die ganze Szenerie kam mir absurd überbelichtet, wie in einem schlechten Traum, vor: Alle beteiligten Figuren schienen mir, von gleißendem Licht erleuchtet, geräuschlos und in halber Geschwindigkeit durch den tiefenlosen milchigen Raum zu schweben; die Gesichtszüge und sämtliche weitere, den jeweiligen Körper definierende Linien und Formen bis zur Unkenntlichkeit verwischt.

In einem schwindelerregenden Crescendo schaukelten sich die spitzen Aufschreie der wild durcheinanderlaufenden Kinder mit den sonoren Rufen aus voller Kehle meiner Kameraden gegenseitig hoch. Und auch wenn das Geschrei bei mir erheblich gedämpft ankam – als stiege es aus unendlicher Tiefe zu mir empor –, so wurde doch zumindest der immense Druck, der sich durch die emotionalisierte Gestik, Mimik und die greifbare Nervosität aller anwesenden Personen auf mich fokussierte, schon bald unerträglich: Mir wurde schwarz vor Augen, worauf ich auf der Stelle wie ein nasser Sack zu Boden gesunken sein muss.

Dass das Kind meinen Gewaltausbruch gewiss nicht überleben würde, wurde mir schlagartig bewusst, als ich kurz darauf wieder etwas zu Sinnen gekommen war und das Ausmaß meiner Tat, nun wiederum in Überschärfe und bei einsetzendem stechenden Kopfschmerz, in seiner ganzen Tragweite erfassen konnte. Wie versteinert starrte ich auf meine Hände, die das Unfassbare gerade vollbracht haben mussten.

Aber schon in dem Moment fehlte mir die konkrete Erinnerung daran, was genau gerade passiert war. Ich hatte nur die dunkle Ahnung, entscheidend an der Tat beteiligt gewesen zu sein, ein undefinierbar mulmiges Gefühl, das sich bei mir in einem flauen Magendrücken in Kombination mit einer den gesamten Körper überziehenden Gänsehaut äußerte.

Meine Kameraden hatten den Akt völlig entgeistert verfolgt. Ihnen war keine Zeit geblieben, mich von dem irrsinnigen Vorhaben abzuhalten, das innerhalb weniger Wimpernschläge abgeschlossen war. So blieb ihnen danach nur noch, mich aus meiner Schockstarre heraus unterzuhaken und energisch mit sich fortzuziehen.

In Windeseile schlugen wir uns in die angrenzenden Wälder, um nicht auf der Stelle von den Russen gefasst zu werden und deren unmittelbaren Rachegelüsten ausgeliefert zu sein. Inzwischen hatte sich ja bis in den letzten Winkel der Truppe herumgesprochen, zu welch unvorstellbaren Bestialitäten der Iwan fähig war …

Demgemäß jagten wir durch das Gehölz, als säße uns der Leibhaftige im Nacken – einfach immer der Nase nach, Hauptsache möglichst weit weg vom Ort der Schande, bis die einbrechende Dämmerung sich unser erbarmte und ihre immer dichter werdende Decke über uns ausbreitete.

Die verbleibenden Stunden bis zum nächsten Morgen verbrachten wir im Schutze des Waldes unter freiem Himmel bei fast subtropischen Temperaturen, welche auch des Nachts um kaum ein Grad abfielen.

Ich kann mich nicht erinnern, in meinem ganzen Leben auch nur einmal ähnlich aufgekratzt und überhitzt gewesen zu sein wie in jenen Stunden, so dass für mich an Schlaf überhaupt nicht zu denken war.

Stattdessen ließ ich mir das Geschehen von meinen Kameraden in allen Einzelheiten nacherzählen, weil ich die Tat nur bruchstückhaft in Erinnerung hatte und diese einzelnen Versatzstücke nicht zu einem stimmigen Gesamtbild zusammenzufügen und noch viel weniger meine eigene Person in dieser ganzen Tragödie zu verorten vermochte.

Doch auch nachdem ich dann über den genauen Ablauf der Tat in Kenntnis gesetzt war, ließ ich meine Kameraden nicht in Frieden, sondern drängte ihnen noch Stunde um Stunde belanglose, mitunter läppische Gespräche auf.

Und das alles wohl einzig aus dem Grunde, dass ich in meinem Ausnahmezustand nach dem Vorfall nicht eine Minute auf mich allein zurückgeworfen sein wollte – wahrscheinlich war ich mir inzwischen selbst unheimlich geworden ...

In jener Nacht kamen wir überein, mit niemandem ein Sterbenswörtchen über den tödlichen Zwischenfall zu reden. Dies schworen wir uns im Angedenken an unsere beiden gefallenen Kameraden.

Im Laufe des nächsten Tages – die Temperaturen waren nach einem morgendlichen Schauer spürbar gefallen –, schafften wir es unbehelligt zurück zu unserer Truppe. Und während wir von den Kampf-

34

handlungen mit den sowjetischen Soldaten ausführlich berichteten, verloren wir über das anschließende unselige Zusammentreffen mit den Kindern wie vereinbart kein einziges Wort.

Nach dem ominösen Vorkommnis mit dem russischen Mädchen war ich von diesem verfluchten Krieg denn auch ein für alle Mal kuriert. Ich leistete meinen restlichen Dienst an der Ost- beziehungsweise etliche Monate später dann auch an der Westfront übertrieben vorbildlich ab, bevor ich mit meiner Einheit kurz vor Kriegsende noch in englische Kriegsgefangenschaft geriet.

Dieweil meine Verbrechen aber nie ruchbar wurden, entließen mich die Engländer, sobald die damals übliche Überprüfung per schriftlichem Fragebogen und mehrstündiger persönlicher Anhörung abgeschlossen war, als einfachen Mitläufer. So kam es, dass ich vergleichsweise rasch wieder in den Schoß meiner Familie zurückkehren konnte.

Binnen Jahresfrist, noch inmitten der wüstesten Kölner Trümmerlandschaft, nahm ich ein Jura-Studium auf, das ich in schnellstmöglicher Zeit als einer der Jahrgangsbesten abschließen konnte.

Ein paar Jahre darauf – das muss Ende 1952 oder Anfang 53 gewesen sein –, ging ich nach dem Referendariat als Staatsanwalt ans Kölner Landgericht und war dort bis zu meiner Pensionierung vor ziemlich genau zehn Jahren durchgehend beschäftigt.

Was mein Privatleben anbelangt, führten wir über Jahrzehnte als angesehene Bürger unseres Eifel-Dorfes Hellenthal ein beschauliches Leben und niemand dort – nicht einmal meine eigene Ehefrau! – hatte die leiseste Ahnung von meinem dunklen Geheimnis, noch wurde ich in der langen Zeit bis heute überhaupt je auf meine Kriegserlebnisse angesprochen.

Aber kein Wunder: Genauso hielt auch ich es in jener Zeit mit all unseren Freunden und Bekannten: Man traute sich schlichtweg nicht, dieses Wespennest anzurühren. Vielmehr versuchte man im Gegenzug, die riesenhaften Dämonen aus der Kriegszeit, welche – zumindest bei uns – regelmäßig nächtlicherweile an den Wänden des Schlafzimmers aufzogen, mit einer bierseligen Heiterkeit zu vertreiben. Ein vergebliches Unterfangen, wie ich aus heutiger Warte nüchtern feststellen muss. Ganz so einfach pflegen sich solche monströsen Geister dann doch nicht in Luft aufzulösen …

So, das war im Großen und Ganzen meine Geschichte – die Geschichte eines veritablen Kriegsverbrechens, für das ich mich abgrundtief schäme und das mich bis heute keine Ruhe finden lässt."

Schneider saß bei diesen Worten inzwischen in gebeugter, annähernd embryonaler Haltung auf dem Heizkörper vor dem Fenster, seine Hände um die wärmespendenden Heizungsrippen gekrallt, dazu die Füße flatterig auf und nieder wippend.

Sein Gesicht hatte unterdessen den fahlen Ton der Zimmerwände angenommen, da er mit geröteten Augen apathisch durch die gegenüberliegende Wand hindurchstierte und der Welt dabei ganz und gar entrückt schien.

Umso erstaunlicher, dass er kurz darauf noch einmal auf mich zurückkam und seine Ausführungen zu einem endgültigen Abschluss brachte, während er mit glasigem Blick nunmehr den Boden unmittelbar vor meinen Füßen fixierte:

„Simon, ich möchte ausdrücklich betonen, dass ich durch diesen detaillierten Bericht mit vollem Bewusstsein gleichsam mein Leben in Ihre Hände gelegt habe und es Ihnen allein überantworte, wie Sie damit umzugehen gedenken: Sie können mit den Informationen selbstverständlich jederzeit zur Polizei gehen, Sie können die Sache aber auch für sich behalten und letztlich auf sich beruhen lassen – die Entscheidung liegt ganz bei Ihnen.

In den Tagen hier auf der Station konnte ich mich zur Genüge davon überzeugen, dass Sie Ihr Herz am rechten Fleck tragen, wessenthalben ich wohlweislich SIE zum Richter über meine Taten erwählt habe. So erwarte ich voller Vertrauen in Ihr gesundes Urteilsvermögen den weiteren Fortgang in dieser Sache."

Wie gelähmt war ich seiner Rede gefolgt und hatte an deren Ende kaum noch die Kraft, mich von meinem Stuhl zu erheben, geschweige denn, ihm auf seine ungeheuerliche Erzählung auch nur ein Wort zu entgegnen. Mir war, als hätte sich seine grauenvolle Geschichte wie eine zentnerschwere Bleiweste um meinen Körper gelegt.

Erst nach einem quälend langen Moment war ich überhaupt in der Lage, mich aus meinem Stuhl mühevoll hochzuraffen und verließ schließlich, ungemein wackelig auf den Beinen und halb in Trance, das Zimmer.

Den Rest des Tages erledigte ich alle noch anstehenden Arbeiten auf der Station rein mechanisch, während meine Gedanken unaufhörlich um das geschilderte Vorkommnis kreisten: In einer alptraumhaften Endlosschleife lief die Schlüsselszene vor meinem geistigen Auge ab, wie Schneider sich dieses süße blonde Mädel mit den Zöpfen krallte – das in meiner Vorstellung die Gesichtszüge meiner kleinen Nichte angenommen hatte –, gegen den Baum schleuderte, wegrannte, um im Anschluss daran erneut schnurstracks auf das Kind zuzustürmen und dessen Körper noch dutzende Male an jenem knorrigen Apfelbaum zu zerschmettern.

Dieser düstere Kreis in meinem Kopf wurde nur dann und wann von der schrillen Patientenklingel unterbrochen und in einem kuriosen Fall von unserer kleinen blonden Schwesternschülerin Silvia: Auf Zehenspitzen hatte sie sich frontal vor mir aufgebaut und fuchtelte mit ihren hochgereckten Armen wild vor meinem Gesicht, wobei sich ihre ohnehin piepsige Stimme wiederholt überschlug. Das alles, weil sie mit ihrer Ansprache im ersten Anlauf nicht im Geringsten zu mir vorgedrungen war – ja, um ehrlich zu sein, hatte ich die Silvia bis dahin nicht einmal registriert, so tief war ich in Schneiders Geschichte versunken …

Aber auch wenn Schneiders Verbrechen der heimtückische sowjetische Angriff auf seinen Rot-Kreuz-Wagen vorausgegangen war – was mir seine

Tat eine Spur erklärlicher hätte machen können –, kam mir der Alte nur noch wie eine Bestie vor.

Alles von ihm bislang Gesagte und Getane erschien mir in der Nachbetrachtung ausnahmslos niederträchtig und verabscheuungswürdig. Nein, mehr noch: Von dem Moment an, da er mir seine Gräueltat in allen unerträglichen Details zu schildern begann, ekelte es mich nur mehr vor dem kleinen weißen Männchen, vor seinem sinistren Charakter ebenso wie vor seiner lächerlichen Erscheinung, gar nicht erst zu reden von der hochtrabenden, durch und durch selbstverliebten Juristen-Sprache.

Und ob seine gesammelten Kriegserzählungen überhaupt der Wahrheit entsprachen, stand für mich nochmal auf einem ganz anderen Blatt: Die erwähnte Licht- und Nebel-Traumsequenz etwa kam mir aus gleich mehreren Hollywood-Filmen verdächtig bekannt vor, und auch die Szene mit dem in Zeitlupe fallenden Obst neben einem menschlichen Körper im Todeskampf hatte ich ziemlich sicher schon einmal in irgendeinem mittelmäßigen Kinofilm gesehen.

Insofern deutete ich seinen gesamten letzten Auftritt als einen raffinierten Winkelzug, aufgrund einer vermeintlichen Unzurechnungsfähigkeit mildernde Umstände für sich geltend zu machen. Ein Manöver, das für mich jedoch um einiges zu fadenscheinig geraten war, als dass es bei mir auch nur ansatzweise hätte verfangen können.

Nach Lage der Dinge war Schneider für mich ohnehin kein menschliches Wesen mehr, sondern eine gewissenlose Kreatur, die zur Verantwortung gezogen gehörte …

Denn wer nicht einmal davor zurückschreckte, ein kleines wehrloses Mädchen auf derart barbarische Weise zu Tode zu richten, hatte doch wohl keine Gnade oder zweite Chance verdient. Umso mehr, als der feige Lump sein ganzes Leben lang vor der Verantwortung davongelaufen war und sich stattdessen wie eine Zecke in der feinen Gesellschaft eingenistet hatte, wo er es sich jahrzehntelang gut gehen ließ.

Und nun in seinem hohen Alter, den Tod fast schon vor Augen, war ihm diese dumme alte Geschichte wohl wieder siedend heiß eingefallen und er wollte von mir offensichtlich einen wohlfeilen Ablassbrief für seine Schandtaten ausgestellt bekommen. Alles schön bequem frei Haus, versteht sich. Aber nicht mit mir, Freundchen.

Ich brachte noch zwei oder drei schlaflose Nächte damit zu, alle für mich in Betracht kommenden Reaktionen auf Schneiders Verbrechen unzählige Male gegeneinander abzuwägen, bis ich mich endlich irgendwann im Morgengrauen zu einer Entscheidung durchringen konnte.

Am Sonntag darauf war ich zusammen mit der Stationsschwester Veronika zum Spätdienst eingeteilt. Wegen des Wochenendes waren keine frisch operierten Patienten oder anderweitigen Neuaufnahmen auf unsere Station gekommen, so dass wir vergleichsweise wenig zu tun hatten.

Der Tag folgte weitgehend dem gewohnten Ablauf: Im Anschluss an die Übergabe verteilten wir den Kaffee und saßen danach selbst bei Kaffee und mittelprächtigem Creme-Kuchen aus der Supermarkt-Kühltheke zusammen im Schwesternzimmer.

Bald nach dem Abendbrot schob mir die Schwester den Wäschewagen für unsere Schlussrunde durch die Zimmer entgegen, auf dem bereits die Heparin-Spritzen sowie die beiden roten Plastik-Ordner mit den Patientenakten abgelegt waren.

Sie selbst verschwand darauf bis auf weiteres in einem der hinteren Patientenzimmer. Das Los einer Stationsschwester bürdete ihr meistens die unliebsamen Fälle auf, wie auch diesmal, da sie einen Patienten über Ablauf und Risiken seiner tags darauf anstehenden Chemotherapie aufzuklären hatte.

Währenddessen ging ich relativ zügig von Zimmer zu Zimmer, nahm noch einmal bei allen Patienten die Vitalwerte, wechselte, wo nötig, ein letztes Mal das Stecklaken für die Nacht und setzte den infrage kommenden Patienten die Heparin-Spritze, ehe ich zum Schluss der Runde bei Schneider anlangte.

Er saß auf dem Bett, das Kopfteil maximal aufgerichtet, und sah von der Fernsehzeitschrift auf, die alberne rote Brille rotzig schief in seinem Gesicht klebend. Er fixierte mich wieder mit diesen penetranten stahlblauen Augen, während er die Zeitschrift langsam sinken ließ.

„Na, wieder mal die Patienten piesacken, was?", brachte er wie gewohnt einen seiner unvermeidlichen matten Sprüche an, und ich spielte halbherzig mit, indem ich mich zu einem müden Lächeln zwang und noch einmal zum Schein witzelte: „Ja, ja, eines meiner größten Hobbys".

Zum Zeichen dafür, dass ich dem oberflächlichen Wortgeplänkel unmissverständlich ein Ende setzen wollte, schob ich ihm den linken orthopädischen Strumpf allzu schroff ein Stück weit herunter. Dann sprühte ich ihm eine Stelle am Oberschenkel mit Desinfektionsspray ein, tupfte die Stelle mit einem Wattepad ab und drückte die Thrombosespritze bis zum Ende durch.

„Damit Sie die Schmerzen nicht mehr so spüren", hörte ich mich erklärend hinzufügen und war selbst überrascht, wie ruhig ich das alles nacheinander erledigt hatte, obwohl mein Herz bis zum Hals hämmerte wie ein Presslufthammer am Anschlag.

Dabei war ich fest davon überzeugt, dass mein wild trommelnder Herzschlag für jeden Außenstehenden ganz deutlich in Zimmerlautstärke zu hören sei. Entsprechendes bei meiner Halsschlagader: Deren gewaltiges Zucken fühlte sich an, als wollte sie jeden Moment aus dem Hals herausspringen, um fortan außerhalb meines Körpers ein Eigenleben zu führen. Dieses ungeheure Beben an meinem Hals musste doch schon aus größter Entfernung für einen Halbblinden zu erkennen sein ...

Aber vielleicht kam es mir auch nur so vor, und meine Anspannung war mir äußerlich wirklich kaum anzumerken. Schneider zumindest schien von all dem keinerlei Notiz genommen zu haben: Er legte die Zeitschrift und Lesebrille ungewohnt nachlässig auf dem Nachttisch ab und beugte seinen

Oberkörper in meine Richtung, um mir den Arm, der gerade im Begriff war, die gebrauchte Spritze wieder aufs Tablett zurückzulegen, flüchtig zu tätscheln:

„Ist schon recht, Simon. Bitte stellen Sie mir noch das Kopfteil runter, damit ich besser einschlafen kann. Kommt sowieso nur Mist im Fernsehen …"

Nachdem ich seinem Wunsch nachgekommen war, verließ ich den Raum gemessenen Schrittes und zog die Tür von Zimmer 18 äußerst sachte und praktisch lautlos hinter mir zu …

Goldberg-Variationen

Völlig erschöpft und durchgeschwitzt, aber wieder halbwegs entspannt – so entspannt man sein konnte, wenn man gerade mit größter Mühe eine Katastrophe überlebt hatte –, ließ er sich in den Sessel fallen. Soeben war er nach dem donnernden Schlussapplaus von der Bühne in die Garderobe zurückgekehrt, sein Körper noch zum Bersten voll mit Adrenalin. Dieses absurd uferlose Hochgefühl, nach dem Auftritt ein Stück weit über dem Boden zu schweben, war keineswegs neu für ihn, vielmehr kannte er es von Kindesbeinen an. Und doch fühlte es sich diesmal entschieden anders an, da der Abend eine unerwartete Wendung genommen hatte, in deren Folge er wie ein Löwe um sein nacktes Leben kämpfen musste.

Erst jetzt fiel ihm auf, dass er seinen Frack im Sessel noch immer anhatte, woraufhin er aufsprang, als hätte er sich auf eine heiße Herdplatte gesetzt. Er hängte das gute Stück mit einem Kleiderbügel an der Schranktür auf und holte sich ein Handtuch aus dem Bad, mit dem er sich die schweißnassen Haare trockenrieb. Dann zog er sich das Hemd aus, wischte mit dem Tuch einmal über den nackten Oberkörper, um es sich darauf wie einen Schal um den Hals zu legen.

Solange er denken konnte, gab er schon Konzerte, überwiegend mit Werken von Bach, Beethoven,

Chopin, Rachmaninow. Und von Anfang an wurde er als Wunderkind gehandelt, seit er, gerade mal elfjährig, mit den größten Orchestern der Welt aufgetreten war.

Das Klavierspiel selbst hatte ihn auch nie vor Probleme gestellt, Grenzen hatte er dabei praktisch nie gekannt, da er, mit einem absoluten Gehör gesegnet, von klein auf jedes beliebige Stück fehlerfrei nachzuspielen vermochte. Und die Zeiten, in denen er das Klavier-Handwerk erlernen musste, lagen so weit zurück, dass er sich beim besten Willen nicht mehr daran erinnern konnte – schließlich hatte er mit drei Jahren zu spielen begonnen. Mittlerweile galt er als einer der weltweit besten Pianisten seiner Generation; seine Einspielung sämtlicher Klavierwerke Rachmaninows hatte in Fachkreisen bereits jetzt Referenzcharakter angenommen. Besonders aber wurde er dafür gerühmt, dass er bei seinen Solo-Auftritten keine Beethoven-Sonate, keine Bach-Partita und auch kein sonstiges Klavierstück zwei Mal in gleicher Weise spielte. Vielmehr hatte er den hohen Anspruch an sich selbst, jeden Abend eine neue, frische Interpretation zu liefern, bei der er – für die ausgewiesenen Kenner hörbar – seine jeweilige Stimmung mit einfließen ließ.

Er ging zu seinem Rollkoffer hinüber, entnahm ihm ein frisches weißes Leinenhemd und wühlte sich zum Geheimfach vor, aus dem er den antiken Dreyse-Revolver herauszog – ein schönes wertvolles Erbstück von seinem Großvater, das er auf seinen Konzerttourneen als eine Art Talisman häufig mit sich führte. Nachdem er sich das Hemd übergeworfen hatte, hielt er die Waffe schräg gegen das Licht, ließ die Trommel einmal rasselnd durchdrehen und legte den Revolver auf den Tisch neben sein Wasserglas.

Dass der Tag ein solches Schockerlebnis für ihn bereithalten würde, war noch bis zum Nachmittag nicht im Mindesten abzusehen: Er hatte den Vormittag im Hotel damit zugebracht, sein Abendprogramm – er wollte mal wieder die Goldberg-Variationen geben –, durchzugehen.

Weil er speziell mit diesem Bach-Werk schon hunderte, wenn nicht tausende Male konzertiert hatte und es ohne jede Übertreibung im Schlaf beherrschte, spielte er es auf seiner Suite zur Abwechselung mal wieder in halsbrecherischem Tempo durch. Vor etlichen Jahren hatte er sich aus einer Bierlaune heraus mal gefragt, ob es technisch möglich sei, die Goldberg-Variationen in doppelter Geschwindigkeit zu spielen; seitdem hatte sich das für ihn zu einem geradezu sportlichen Zeitvertreib entwickelt. Und auch wenn es ihm bis dahin nicht gelungen war – dafür war das Stück schlicht zu anspruchsvoll – schaffte er es zumindest, die Zeit dafür immer weiter herunterzuschrauben, so dass ihm sein Ziel nicht mehr völlig unerreichbar schien.

Im Anschluss daran schlenderte er zum Fahrstuhl und ließ sich unten im Spa-Bereich des Hauses die Verspannungen aus dem Körper massieren. Die verstanden wirklich was von ihrem Fach! Kein Wunder, dass er sich, wann immer er vor Ort war, in diesem Hotel mit seinen magischen Händen einquartierte.

Zurück auf seiner Suite bekam er wenig später sein Mittagessen serviert und gut zwei Stunden darauf einen schwarzen Tee mit Gebäck.

Doch gerade, als er sich zum Tee einen dicken Folianten mit barocken Noten vom Tisch nehmen wollte, fühlte er einen kurzen heftigen Stich in seiner rechten Hand, von der Handwurzel bis in die Fingerkuppen ausstrahlend. Das klobige Buch glitt ihm aus der Hand und fiel ihm direkt vor die Füße. Er hielt inne und horchte tief in seinen Körper hinein, doch da war der Spuk auch schon wieder vorbei, und so nahm er sich von Neuem die antiken Notenblätter vor.

Wirklich sonderbar: Letzte Woche in Wien hatte er schon einmal einen solchen Schmerz in derselben Hand verspürt, führte das damals allerdings auf die schweren Einkaufstüten zurück, die er kreuz und quer durch die Stadt bis in sein Hotel geschleppt hatte.

In voller Montur mit Frack und Fliege wartete er, die Hände gegenseitig dehnend, hinter der Bühne ab, bis ihm einer der Bühnenhandwerker ein Zeichen gab und den Vorhang ein Stück weit zur Seite geschoben hielt. Seinem Ritual folgend zog sich der Pianist den Schnürsenkel an seinem rechten Schuh noch einmal fest zu, peinlich genau darauf bedacht, mit ebendiesem rechten Fuß zuerst die Bühne zu betreten, worüber er noch leicht ins Straucheln geriet. Den warmen Applaus scheinbar schüchtern entgegennehmend, verbeugte er sich kurz, dann saß er auch schon auf dem Schemel vor seinem Flügel, wo er sich noch einen Moment sammelte, bevor er umso furioser loslegte.

Seine Interpretationen gerieten ihm erfahrungsgemäß immer dann am besten, wenn er beim Spielen gar nicht mehr nachdachte, sondern seinen Fingern Raum ließ, frei über die Klaviatur zu fliegen. Ohne dass er es überhaupt merkte, schloss er dann meist dazu die Augen und hing in Gedanken ganz seiner Musik nach, bis ihm ab einem bestimmten Punkt der völligen Selbstvergessenheit häufig Farben in den Sinn kamen.

So auch an diesem Abend: Es war ziemlich zu Beginn des Konzerts bei einer der ersten Variationen, als er mit geschlossenen Augen sah, wie grüne Farbe in ein gelbes Rinnsal floss, beide Farben sich umtanzten, zusammen einen Wirbel bildeten, um dann einer größeren violetten Fläche schräg gegenüber entgegenzustreben. Noch leicht irritiert von dem violetten Farbton, der partout nicht zu den restlichen Farben passen wollte, wurde er jäh aus seinen Visionen gerissen, als er erneut einen tiefen Messerstich in der rechten Hand verspürte. Seine Finger, kurzzeitig außer Kontrolle geraten, erzeugten einen dissonanten Klang, der im ehrwürdigen Konzertsaal atemberaubend schief über den Köpfen der Zuschauer hängen blieb.

Verdammt! - - Ein gewaltiger Schauder durchfuhr seinen Körper und ließ ihm die Augen weit aufspringen. Und während seine Finger nach einer Schrecksekunde weiterspielten, als sei nichts geschehen – nun wieder unbeirrt und fehlerfrei wie eh und je –, schossen ihm dutzende Gedanken zugleich durch den Kopf, wie er mit dieser ungewohnten Situation umgehen könne. Der Fehler war passiert und ließ sich nicht mehr ungeschehen machen, aber vielleicht war ja trotzdem noch halbwegs was zu retten.

Aufstehen und gehen kam für ihn jedenfalls nicht in Frage, schließlich war er noch nie in seinem Leben vor Problemen, gleich welcher Art, davongerannt. So überlegte er fieberhaft, wie er das Problem auf musikalischem Wege mit seinem guten alten Bechstein-Flügel – gewissermaßen dem hölzernen Fortsatz seines eigenen Körpers – lösen könne.

Wie wäre es denn, fragte er sich, wenn er den vorhin passierten Lapsus in manchen der nun folgenden Sätze dann und wann an geeigneter Stelle nochmals einfließen ließe, so dass dieser sich in den Gesamtkontext einfügen und somit letztlich auf kunstvolle Weise in nichts auflösen würde.

Dies schien ihm ein gangbarer Weg, auch wenn eine solch spontane Anpassung der Partitur selbst für einen begnadeten Virtuosen wie ihn eine enorme Herausforderung darstellte und für ein klassisches Konzert bis dahin sicher ohne Beispiel war. So ging er sein tollkühnes Vorhaben von da an mit allerhöchster Konzentration an.

Indem er seine Finger die weiteren Noten mechanisch abspulen ließ, schritt er in Gedanken die Partitur voran, um passende Stellen aufzuspüren, an denen sich die geplanten Dissonanzen am besten einfügen ließen.

Dass sein Plan tatsächlich aufging und die eigenmächtigen Änderungen sich letzten Endes erstaunlich gut ins Werk einpassten – fast so, als gehörten sie zur ursprünglichen Komposition –, befriedigte ihn in musikalischer Hinsicht ungemein und gab ihm seine kurzzeitig abhanden gekommene Sicherheit zurück.

Und während der letzte Akkord seiner Goldberg-Variationen gravitätisch ausklang, merkte er bei noch geschlossenen Augen, wie ihm der Schweiß vom Scheitel auf die Klaviatur tropfte und das Hemd klatschnass an seinem Körper klebte.

Das Publikum wartete einen Augenblick lauernd ab – einen einzelnen vorwitzigen Claqueur ließ man noch am langen Arm verhungern –, um sich dann umso enthusiastischer zu einem Beifallssturm aufzuschwingen. Der Pianist verbeugte sich einmal tief und verschwand dann schnurstracks in seiner Garderobe. Und auch wenn das Klatschen anhielt, dachte er nicht daran, noch einmal in den Saal zurückzukehren, um die Beifallsbezeugungen weiterhin entgegenzunehmen, da er sich wie ein halbseidener Hütchenspieler vorkam, der sich mit elenden Tricksereien aus der Nummer gestohlen hatte.

Noch immer war der tosende Applaus mit vereinzelten Bravo-Rufen in seinem Umkleideraum zu hören. Wie er die Musikkritiker einschätzte, würden sie sich in ihren Besprechungen am darauffolgenden Tag nicht unbeeindruckt zeigen von der euphorischen Stimmung im Saal: Der ein oder andere Rezensent könnte von einem Paradigmenwechsel innerhalb der Bach-Interpretation sprechen, von der gelungenen Überführung Bachs in die Moderne, ja vielleicht sogar davon, dass er mit seiner eigenwilligen Interpretation den gesamten Klassikbetrieb gründlich entstaubt habe.

Aber noch mehr als die möglichen Kritiken des folgenden Tages beschäftige ihn ganz akut natürlich seine rechte Hand, die ihn vorhin so schändlich im Stich gelassen hatte. Er öffnete und ballte sie gleich mehrfach, ohne dabei Schmerzen zu empfinden oder anderweitige Auffälligkeiten feststellen zu müssen.

Ihm war aber klar, dass er künftig einen oder gar mehrere Aussetzer dieser Art schwerlich noch einmal würde auffangen können – zumal im Zusammenspiel mit weiteren Musikern oder gleich einem ganzen Orchester. Dann würde er plötzlich nackt dastehen wie der Kaiser in diesem berühmten Märchen und vom Publikum – wofür er vollstes Verständnis hätte – mit Schimpf und Schande vom Hof gejagt werden.

Natürlich war ihm auch der Fall der jungen englischen Star-Cellistin geläufig, welche, nachdem man bei ihr Multiple Sklerose festgestellt hatte, von einem auf den anderen Tag vom Konzertbetrieb abgezogen wurde. Danach ließ sie sich noch ein paar Jahre im Rollstuhl umherschieben und von irgendeiner amerikanischen Universität ein Gnadenbrot geben, bevor sie wenig später weit vor der Zeit verstarb.

Er konnte sich noch genau erinnern, wie er sich damals gesagt hatte, dass er an ihrer Stelle fundamental anders mit der Situation umgegangen wäre. Ein derartiges Dahinvegetieren und Leben allein von den Meriten der Vergangenheit hielt er für absolut unwürdig. Er war schon immer selbstbestimmt gewesen und hätte die Kontrolle über sein Leben niemals wie sie komplett aus der Hand gegeben.

Als seine Finger vorhin erneut aus dem Ruder gelaufen waren, kamen ihm seine damaligen Gedanken wieder lebhaft in Erinnerung.

Er lebte für die Bühne und brauchte den Rausch, in den er durch sein eigenes Spiel geriet und der noch um einiges potenziert wurde durch die vom Publikum entgegenschlagenden turmhohen Wogen. Das war ein Endorphin-Cocktail, der ihn, einmal davon gekostet, schon als Kind süchtig gemacht hatte.

Aber er wollte sich auch nichts vormachen: Wenn er sich künftig nicht mehr auf seine Finger würde verlassen können und ein Versagen der Feinmotorik wie eben jederzeit möglich war, musste er sich weitere Auftritte wohl oder übel abschminken.

Ohne seine Konzerte aber war er kein richtiger Mensch mehr. Man könnte ihm wohlmeinend die ein oder andere Professur an einer renommierten Universität antragen, dazu womöglich noch blitzblanke Orden ans Revers heften – dies alles würde ihm wenig bis gar nichts bedeuten, solange ihm mit dieser Krüppel-Hand weitere Auftritte vor Publikum verwehrt blieben.

Denn er war zudem ein außerordentlich schwieriger Charakter, der von Kindesbeinen an unvorstellbare Probleme hatte, sich mit den Leuten auf normalem Wege, sprich außerhalb des musikalischen Zusammenhangs, auszutauschen: Man sprach, egal zu welchem Thema, immerzu gnadenlos aneinander vorbei, dass er sich dann jedes Mal wie ein kleines grünes Männchen von einem fernen Planeten vorkam.

Seine Konzerte stellten für ihn denn auch praktisch die einzige Art und Weise dar, mit seinen Mitmenschen ohne die sonst üblichen quälenden Verwicklungen in Kontakt zu treten. Zumindest hatte er während seiner Klavier-Darbietungen dann stets das Gefühl, ganz normal in die Gesellschaft eingebunden zu sein, und sei es auch nur für diese zwei oder drei Stunden Selbsttäuschung am Tag. Und selbst diese minimale Verbindung zu seinen Mitmenschen sollte für ihn von jetzt an für immer gekappt sein ...

Er nahm sich die Pistole vom Tisch und wiegte sie in seinen Händen – ein wirklich elegantes Stück mit Nussbaumgriff, der Herstellervermerk *Dreyse Sömmerda* über der Trommel eingeschlagen, dazu das Metall überreich mit Ranken verziert. Am Lauf war sie noch mit einer Seriennummer versehen, die ihm vorhin, als er gedankenverloren mit seinen Fingerkuppen daran entlanggefahren war, zum ersten Mal überhaupt ins Auge fiel.

Keine Frage: Heute hatte er die traditionelle Aufführungspraxis unfreiwillig aus den Angeln gehoben. Damit würde er noch lange, vielleicht sogar auf ewig in Erinnerung bleiben. Gut möglich, dass er mit diesem Konzert ohnehin den Gipfel seiner Karriere erreicht hatte.

Wenn er die Sache jetzt beendete, würde niemand die genauen Hintergründe erfahren, und sein exzellenter Ruf bliebe für alle Zeiten ohne jeden Makel. Obendrein würde ein frühes Ableben seinen Ruhm vermutlich in noch viel höhere Sphären hieven, als ihm das bei einer noch jahrzehntelang weitergeführten Karriere überhaupt möglich wäre, ja mehr noch könnten die dramatischen Umstände gar einen Mythos um seine Person begründen.

So stand er endlich auf, ging ins Bad, wo er lächelnd noch einmal das rhythmische Klatschen des Publikums registrierte, als es einen lauten Knall gab und der Applaus im Saal daraufhin abrupt abbrach.

Blutzoll

Wenn man ehrlich zu sich war und nüchtern alle der Vernunft zuwiderlaufenden Gefühle wie Mitleid oder Dankbarkeit beiseiteschob, musste man feststellen, dass sie beide nicht besonders gut zueinander passten, dachte er bei sich, als er seiner Verlobten auf dem Rückweg von Budapest nach Prag im Zug gegenübersaß.

Sein Blick durchs Fenster fiel während der mehrstündigen Fahrt von Zeit zu Zeit auf ihr im Glas sich spiegelnden Gesicht, auf dem er dann gedankenverloren verharrte, bis draußen vor dem Zugfenster wieder eine helle Fläche die dunklere ablöste, wodurch sich ihre Gesichtszüge auf der Scheibe auflösten und seine Augen aufs Neue die ferne ungarische Landschaft fokussierten.

Für eine Frau hatte sie einen erstaunlich starken Körperbau, mit Oberarmen, die wohl dicker im Umfang waren als seine. Er mochte sich gar nicht vorstellen, wie ein Armdrücken zwischen ihnen ausgegangen wäre …

Inmitten dieser verhangenen Gedanken kroch aus heiterem Himmel ein Kratzen seinen Hals hinauf, worauf er mehrfach husten musste und sich fragte, wo er sich verkühlt haben mochte, ob hier im Zug oder schon vorher in Budapest, wo es zweifellos noch ein paar Grad wärmer gewesen war. Möglich, dass es aber auch einfach an der verbrauchten, trockenen Luft im Abteil lag…

Sie war keineswegs anmutig, nicht einmal im weiteren Sinne: Ihre Nase und ihr Mund viel zu groß und breit, um noch als zierlich durchzugehen, ihr Gesicht insgesamt eher grobschlächtig wie das einer böhmischen Landarbeiterin. Die Brüste waren in ihrem noch relativ jungen Alter von bald dreißig Jahren schon außer Form geraten und hingen trostlos herunter, so dass man alles in allem bei ihr schwerlich von besonders ausgeprägten weiblichen Reizen sprechen konnte.

Dazu trug sie – ob zuhause oder außer Haus – mit Vorliebe altbackene Kleidung in müden Erdfarben, was sie um etliche Jahre älter wirken ließ und sie in ihrer altersmäßigen Anmutung bedenklich nah an ihre Mutter heranrückte.

Er versuchte, sich daran zu erinnern, ob er sie schon immer derart kritisch gesehen hatte und ob er sich nach dem ersten Kennenlernen bei Max nicht eher aus Bequemlichkeit denn aus Verlangen oder gar Anziehung auf sie eingelassen hatte.

Nein, als körperlich attraktiv hatte er sie wohl nie empfunden. Nicht einmal ihre Persönlichkeit hatte ihn damals sonderlich angesprochen, wie sie da in Max' Wohnung verkrampft auf ihrem Stuhl saß, die Hände vor dem Bauch verschränkt und kaum ein Wort herausbrachte, ohne rot zu werden.

Man merkte ihr an, wie unangenehm ihr die Kuppelei von Max war, wie wenig sie es gewohnt war, neue Menschen, insbesondere fremde Männer kennenzulernen.

Erschwerend kam hinzu, dass es mit ihrer Bildung auch nicht zum Besten stand, so dass sie fast ausschließlich Oberflächliches zu erzählen hatte. Dann lachte sie über Witze, die er nicht lustig fand, und umgekehrt konnte sie wenig mit seinem Humor anfangen. Und auch die schöngeistige Literatur hatte für sie nie eine Rolle gespielt: Ihre Freundin Grete hielt ihr deshalb einmal sogar halb im Scherz vor, dass ihre Rezeptbücher die einzige Literatur sei, mit der sie sich ausgiebig beschäftige.

Insofern konnte man objektiv nur zu dem Schluss kommen, dass sie ungefähr so gut zusammenpassten wie Hund und Katze oder Feuer und Wasser und es einem mittleren Wunder gleichkam, dass sie es – freilich mit einigen Unterbrechungen – schon über drei Jahre als Paar zusammen ausgehalten hatten...

Wieder musste er stärker husten – diesmal noch tiefer aus den Bronchien heraus und beharrlicher –, so dass er sich lieber auf den Gang hinausbegab, um die Leute im Abteil nicht über Gebühr zu belästigen.

„Liebe ich sie eigentlich noch? Habe ich sie überhaupt je geliebt?" Er erschrak über die Fragen, die ihm in den Sinn kamen, als sich der Husten etwas zu legen schien. Diese hatte er aus falscher Rücksicht ihr gegenüber schon viel zu lange unterdrückt. Und die Tatsache, dass er keine der beiden Fragen auf Anhieb eindeutig bejahen konnte, dürfte für ihre Beziehung im Grunde genommen nur eine einzige Konsequenz haben ...

Andererseits war sie halt, wie man so sagte, eine gute Frau: Immer für ihn da, wenn er jemanden brauchte, hielt sie ihm ohne Klagen den Rücken frei. Überdies half sie ihm dabei, allen lästigen Konventionen für ein bürgerliches Leben Genüge zu tun und allzu dumme indiskrete Fragen, die an ihn als alleinstehenden Junggesellen gestellt worden wären, weit unter der Oberfläche zu halten, und das war in seinen Augen beileibe nicht wenig wert.

Aber ob das für eine Ehe reichte, die sie – ohne es direkt anzusprechen – von ihm in naher Zukunft erwartete, schien ihm zweifelhaft wie nie, auch wenn er ihr von Zeit zu Zeit – mehr aus Pflichtgefühl – ins Ohr flüsterte, dass er sie liebte. Schließlich machte man das so, wenn man ein ordentliches Paar war und Tisch und Bett teilte.

Hinzu kam, dass sie Prag mittlerweile stärker verhaftet war als er und größten Wert darauf legte, sich regelmäßig mit ihren Freundinnen und Arbeitskollegen zu treffen. An ihn als ihren Verlobten hatte sie lediglich die nachvollziehbare Erwartung, dass er sie dabei zumindest ab und an mal begleitete.

Doch für ihn waren diese Zusammenkünfte die Hölle auf Erden: Er saß dann zwei oder drei Stunden über seinen Kaffee gebeugt und mümmelte am Kuchen oder an trockenen Plätzchen herum.

Dabei hatte er sich angewöhnt – und brachte es darin mittlerweile zur Meisterschaft –, sich eine freundliche Maske aufzusetzen und milde lächelnd in die Runde zu blicken, dann und wann zustimmend nickend, als würde er das Geschehen aufmerksam verfolgen.

In Wirklichkeit kreisten seine Gedanken hinter der Fassade jedoch vornehmlich um seine Arbeit: Welche der Texte er seinem Verleger als Nächstes zur Veröffentlichung zuschicken könnte, welche eher zu verwerfen und welche zur späteren Verwendung zurückzustellen seien. Manchmal fielen ihm währenddessen sogar ganze Handlungsstränge für neue Erzählungen ein, die er dann zuhause in einem Zug niederschreiben wollte.

So bekam er auch immer nur entfernt mit, wie um ihn herum in einem fort die Namen irgendwelcher Verwandter und Bekannter, die ihn allesamt kein Stück interessierten und nebenbei bemerkt auch nichts angingen, in den Raum geworfen wurden: Dieser habe letztens geheiratet, jene unerwartet doch noch Nachwuchs bekommen, ein entfernter Cousin sich dagegen gerade beruflich verbessert und so weiter. Belangloses Gerede, das dahinrauschte, bis er müde wurde und unmissverständlich einen Gähner in ihre Richtung absetzte – ein im Vorhinein verabredetes Zeichen, langsam zum Ende zu kommen, wollte sie sich nicht ohne seine Begleitung auf den Rückweg nach Hause machen.

Ihre Verbundenheit gegenüber ihrem Bekannten- und Kollegenkreis ging sogar so weit, dass sie einen Tapetenwechsel, den er in letzter Zeit immer häufiger und nachdrücklicher ins Spiel brachte, stets kategorisch von sich wies. Ihn dagegen hielt in der Stadt kaum noch etwas und er wollte lieber heute als morgen aufbrechen – nach Berlin, Südamerika oder wohin auch immer.

Die alten Dämonen in Prag zu lassen und ein völlig neues Kapitel aufzuschlagen, sowohl in beruflicher als auch privater Hinsicht, das war ein lang gehegter Traum von ihm, der sich in letzter Zeit immer drängender in seinen Gedankenspielen breit machte.

Er konnte der Sache nicht länger ausweichen und musste jetzt dringend mit ihr reden, sobald sie wieder zurück in Prag wären, um das Ganze zu einem Ende zu bringen – das war ihm jetzt seit Budapest endgültig klargeworden. Wer weiß, vielleicht konnte man sich dann ja noch freundschaftlich verbunden bleiben. Und wenn das Kapitel erst einmal abgeschlossen sei, könne er endlich wieder richtig durchatmen und hätte schließlich den Kopf frei für Neues - in jeglicher Hinsicht …

Nun befiel ihn ein ganz schlimmer Hustenanfall, dass sich der entgegenkommende Schaffner dienstbeflissen nach seinem Befinden erkundigte, um, von ihm mit dürren Worten abgewimmelt, seinen Weg den Gang entlang fortzusetzen.

Der Husten hielt ihn weiterhin fest im Griff. Stärker eingekrümmt zog er ein Taschentuch aus der Hosentasche und spie den Schleim ins Tuch, wobei er erschrocken zur Kenntnis nahm, wie es vom blutigen Auswurf großflächig dunkelrot eingefärbt wurde.

Das schien ja doch kein einfacher grippaler Husten zu sein, sondern etwas wirklich Gravierendes, stellte er fast schon zufrieden fest. Gleich morgen würde er in Prag einen Termin bei seinem Arzt machen – es würde sich schon alles fügen …

Die Dolmetscherin

Buoaaaaaah, wie ekelig – wie kann ein einzelner Mensch nur so hundserbärmlich stinken!

Sie hielt schlagartig den Atem an, nachdem ihr der Schweißgeruch des fetten kleinen Mannes im kurzen Hawaiihemd neben ihr ohne Vorwarnung mit voller Breitseite in die Nase gestiegen war. Um einem aufsteigenden Brechreiz zuvorzukommen, fasste sie sich an die Nase und wandte sich, so gut es ging, von der Geruchsquelle ab.

Gott sei Dank nur noch drei oder vier Stationen, dann könnte sie an der Haltestelle *United Nations* aus dem Bus steigen und wieder befreit aufatmen!

Am Eingang des UNO-Gebäudes zeigte sie dem Sicherheitsmann ihren Hausausweis vor und begab sich daraufhin auf direktem Wege in ihre Kabine, wo sie ihre Jacke aufhängte, die Tasche abstellte und die Vorbereitungen für den anstehenden Arbeitstag anging.

Seit nunmehr fünf Jahren hatte sie diesen Dolmetscher-Job bei der UNO, den ihre Freundinnen ihr gegenüber immer halb ehrfürchtig, halb neidisch als Jackpot bezeichneten, und in der Tat hatte sie schon verdammtes Glück gehabt, diesen ebenso gutdotierten wie fordernden Job bekommen zu haben. Letztlich war das damals auch nur über Vitamin B gegangen, denn noch bevor die Stelle offiziell ausgeschrieben stand, hatte sich ein guter Freund an entscheidender Stelle für sie verwendet.

Heute stand eine UN-Vollversammlung an, und der askanische Präsident sollte gleich eine Rede halten, die sie vom Askanischen ins Deutsche zu übersetzen hatte.

Etwa eine halbe Stunde vor Beginn ihres Einsatzes rauchte sie auf dem winzigen Balkon noch eine letzte Zigarette, dann konnte es losgehen und der Schwall askanischer Wörter auf sie zugerollt kommen – sie war für alles gewappnet.

Von der Scheibe ihrer kleinen Kabine aus sah sie, wie die deutsche Delegation – der Bundeskanzler mit vier seiner Minister – links im Saal, ihr schräg gegenüber, Platz nahm und sich ein paar Minuten darauf, als sich der askanische Präsident auf den Weg zum Podest machte, geschlossen die Kopfhörer aufsetzte.

Der Präsident klopfte mehrmals aufs Mikrofon, blätterte sein Redemanuskript durch und ließ es danach aufs Pult fallen.

Seine Reden hatten schon immer was von einer Wundertüte: Manchmal waren sie ebenso langweilig wie die weichgespülten Reden westlicher Politiker, manchmal allerdings gingen auch gerne mal die Gäule mit ihm durch, und er ließ sich zu emotionalen Ausbrüchen hinreißen. Sie war also gespannt, was heute auf sie zukam ...

Von Beginn an ließ der Präsident keinen Zweifel daran aufkommen, dass er die Zeit für eine Generalabrechnung gekommen sah. So warf er den westlichen Ländern direkt mal vor, Askanien traditionell aus religiösen und rassistischen Gründen zu diskriminieren und in einem fort niederzuhalten.

Der Westen habe oft genug bewiesen, dass er den Aufstieg seines Landes aktiv hintertreibe, weshalb sich die Republik Askanien entschlossen habe, die Fühler nach neuen, besseren Partnern auszustrecken. Schließlich sei Askanien nicht auf den Westen angewiesen, vielmehr sei es zweifellos umgekehrt.

Die Dolmetscherin hatte Probleme, mit dem Tempo, das der Präsident in seiner aufbrausenden Rede vorlegte, Schritt zu halten. Bei einem Blick hinüber zur deutschen Delegation konnte sie sehen, wie der Kanzler seinem Außenminister mit vorgehaltener Hand etwas zuflüsterte, woraufhin dieser ihm mit säuerlicher Miene zunickte.

Besonders Deutschland habe sich immer weiter von einer Demokratie entfernt und befinde sich auf beunruhigendem Wege zurück zu einer Nazi-Diktatur.

Der Präsident redete sich immer mehr in Rage, worüber er einen puterroten Kopf bekam. Mittlerweile las er auch schon längst nicht mehr vom Blatt ab, sondern sprach die deutsche Delegation direkt an, begleitet von ausladenden Gesten mit seinen Armen.

Bei Lichte betrachtet sei Deutschland ja auch nie eine Demokratie geworden, und man müsse schon völlig naiv oder geisteskrank sein, um nicht zur Kenntnis zu nehmen, dass der Nationalsozialismus in Deutschland nach wie vor an der Macht sei. Das sei auch der Grund, warum er seine askanischen Landsleute in Deutschland aufrufe, sich nicht mit dieser Nazi-Diktatur gemein zu machen: Jeder Askanier, der mit den Nazis kooperiere, müsse sich bewusst machen, dass er damit das Andenken seiner Vorfahren in den Dreck ziehe.

Von oben konnte sie gut sehen, wie der Kanzler ungläubig den Kopf schüttelte und langsam in seinem Stuhl vor- und zurückrollte.

Der deutsche Kanzler sei ohne jeden Zweifel der ärgste Feind Askaniens, fuhr der Präsident mit seinen Injurien fort und fing an, mit dem Zeigefinger synchron zum Stakkato seiner Worte in dessen Richtung zu stechen: Ein Kreuzfahrer der übelsten Sorte, der nicht allein seinem Land Askanien, sondern darüber hinaus auch der gesamten islamischen Welt den Krieg erklärt habe; ein hochgefährlicher Rassist und Verbrecher, schlimmer als alle islamistischen Terroristen zusammengenommen, ja noch weitaus schlimmer, als Hitler je gewesen sei.

Auf einem ihrer seitlichen Monitore konnte sie in Großaufnahme sehen, wie der Kanzler sein Gesicht zu einem süß-sauren Grinsen verzog, was den Präsidenten offenbar noch weiter anstachelte, dass er ihm daraufhin entgegenfauchte: „Ja, Herr Bundeskanzler, du kannst ruhig so dämlich grinsen. Ich sage dir hier in aller Deutlichkeit: Pass gut auf, dass ich dir nicht gleich eine Kugel in den Kopf jage, du verfluchter Hurensohn!"

Nach diesen Worten trat der Präsident polternd von der Bühne ab, wodurch das Mikrofon am Pult noch nachpendelte, und drängte inmitten einer Traube askanischer Regierungsmitglieder und Personenschützer unter reichlichem Getöse aus dem Saal.

Um Himmels Willen, was war das denn? - - -
Sie war in eine Art Schockstarre gefallen, aus der heraus sie von oben die turbulente Szene im Saal verfolgt hatte und die Übersetzung fürs Erste fahren lassen musste. Vollkommen perplex fragte sie sich, ob sie das wirklich alles so übersetzen sollte und wenn ja, was das für Folgen haben könnte.

Etwas Derartiges hatte sie noch nie erlebt, auch wenn sie von dem askanischen Präsidenten schon einiges gewohnt war. Bislang hatten sich die diplomatischen Verwicklungen nach dessen kleinen bis mittleren Ausfällen aber noch jedes Mal rasch wieder einrenken lassen, auch angesichts der gegenseitigen Wirtschaftsinteressen beider jeweils beteiligter Länder - aber in diesem Fall?

Ein Abmildern der Worte war ihr dieses Mal jedenfalls kaum möglich, da es sich hier um eine ausdrückliche Drohung – genauer gesagt eine Morddrohung – handelte und sie diesen Umstand nicht unter den Tisch fallen lassen konnte, ohne letztlich ihren Job aufs Spiel zu setzen.

So übersetzte sie schließlich bedächtig jedes Wort einzeln, weit davon entfernt, elegant klingen zu wollen und wartete danach gespannt auf die Reaktion der Deutschen.

Kanzler und Außenminister blickten sich fassungslos an, während sie sich die Kopfhörer vom Kopf zogen. Der Kanzler schüttelte entgeistert den Kopf, beugte sich zum Außenminister vor und flüsterte diesem hinter vorgehaltener Hand etwas zu. Danach erhob er sich von seinem Stuhl und stürmte aus dem Saal.

Was für ein beispielloser Eklat! Die spannendste Frage war jetzt natürlich, wie der Kanzler darauf reagieren würde: Ob er draußen jetzt wohl direkt die ersten Journalisten zusammenrufen würde, um ihnen seine geharnischte Antwort in die Notizblöcke zu diktieren? Und ob er dabei mit ähnlich grobkörnigem Schrot zurückschießen würde?

Ihr Blick verharrte weiterhin gebannt auf den deutschen Politikern im Saal, die inzwischen in einem Pulk zusammenstanden und leidenschaftlich diskutierten. Die Empörung – wohl auch ein Anflug von Verunsicherung – stand ihnen ins Gesicht geschrieben, doch auch unter den anderen Diplomaten im Saal hatte sich Unruhe breitgemacht – ein anschwellendes Gemurmel in allen nur denkbaren Sprachen.

Plötzlich wurde die Tür ihrer Kabine aufgerissen – ohne vorheriges Klopfen, oder falls doch, musste es mit dem Aufreißen der Tür zusammengefallen sein –, und der Kanzler kam schwitzig, mit rot geäderten Wangen auf sie zu: „Entschuldigung, hat der das eben wirklich genauso gesagt, wie Sie das übersetzt haben?"

„Ja, ja. Ich hab das eben ja nicht ohne Grund so abgehackt Wort für Wort übersetzt."

„Was für ein verdammter ... - - egal! Danke."

Der Kanzler machte kehrt und war im Nu auch schon wieder aus dem Raum, als einer seiner bulligen Begleiter mit Sonnenbrille die Tür von außen zuzog.

Und auch wenn die Begegnung mit dem Kanzler nur einen Wimpernschlag gedauert hatte, war ihre kleine Kabine danach ganz von seinem penetrant herben Parfüm durchdrungen, dass es ihr schier die Kehle zuschnürte.

Dennoch kramte sie erst noch ihre Sachen am Arbeitsplatz von links nach rechts, bevor sie sich besann und alles postwendend wieder an seinen Platz zurückräumte. Dann endlich trat sie auf den Flur hinaus und hielt Ausschau nach einem ihrer Kollegen, mit dem sie sich zu diesem unerhörten Vorfall austauschen könnte.

Auf den großen Fernsehmonitoren im Hintergrund sah man den Kanzler bereits mitten im Live-Interview mit einem großen amerikanischen Nachrichtensender, wie er die traditionsreiche deutsch-askanische Freundschaft pries. Es sei richtig und wichtig, dass die Beziehungen beider Länder immer weiter ausgebaut würden, und er sei sich sicher, mit dem askanischen Präsidenten demnächst ein neues Kapitel der wirtschaftlichen Beziehungen zum Wohle beider Länder aufschlagen zu können. Zudem empfinde er tiefe Dankbarkeit für die Freundschaft und das große Vertrauen des askanischen Volkes den Deutschen gegenüber.

Dann sprang auch schon lauthals die Werbung dazwischen: Ultimo-Rasierklingen – für den neuen Mann von heute ...

Mixed Tapes

Er stellte seinen Wagen auf dem Parkplatz ab und zog die Handbremse an, die heute wieder mal besonders schwer ging. Gleich Anfang nächster Woche wollte er einen Termin in der Werkstatt machen. Immer was anderes mit der Schrottkiste!

Es nieselte minimal, als er ausstieg, um den Weg die vielleicht zweihundert Meter zum Eingang zurückzulegen, am Imbisswagen vorbei, vor dem schon um die Uhrzeit – morgens um halb elf – ein paar Leute an den Stehtischen standen und ihre Currywurst mit Pommes aßen.

Durch das weite Eingangstor hindurch bog er wie immer rechtsherum in den ersten Gang ein und steuerte auf den Stand mit Gebrauchtbüchern ganz am Ende zu. Dort angelangt flogen seine Finger in den Kisten behände über die Kopfschnitte der Bücher und ließen in rasantem Tempo ein Buch nach dem anderen nach vorne fallen, damit er einen kurzen Blick auf den jeweiligen Vorderdeckel werfen konnte. Zwei Bücher hatte er herausgefischt und beiseitegelegt, bezahlte sie und bog in den nächsten Gang ein, in Richtung der anschwellenden Schlagermusik.

In deren Zentrum stand ein korpulenter Holländer mit einem Tisch voller Schlager-CDs, der die Besucher mit seiner Musik-Anlage Woche für Woche bis in den letzten Winkel der Halle berieselte.

Wieder einen Gang weiter hatte ein weißhaariger Mann mit Prinz-Heinrich-Mütze und wunderlichen ostpreußischen Akzent wie jeden Samstag sein Tischchen mit gebrauchten Büchern aufgebaut – in der Mehrzahl Sachbücher zum Zweiten Weltkrieg – sowie unten am Boden, gegen ein Tischbein gelehnt, seine spezielle Ware, die in Tüten verpackt auf ihre zwielichtige Klientel wartete.

Danach den gleichen Gang entlang, an einem großen Stand mit Briefmarken vorbei und über den Seitengang hinweg kam er auf den Stand einer Frau so Mitte dreißig zu, die er noch nie zuvor auf dem Markt gesehen hatte: Ein etwas unscheinbares Persönchen, kurze dunkle Haare, kleine Nickelbrille, hielt sie die Arme vor der Brust verschränkt, um sich in der zugigen Halle so gut es ging warm zu halten.

Auf ihrem Tapeziertisch nahmen Gläser in allen nur denkbaren Größen und Ausführungen den größten Platz ein, links und rechts flankiert von ein paar Gesellschafts- und Brettspielen, einem Stoß Sachbücher und Ratgeber aus dem medizinisch-psychologischen Bereich und noch weiterem kleinteiligen Kram in einer großen transparenten Salatschüssel. Unter dem Tisch auf dem Boden standen dann schließlich noch zwei Bananenkisten, rechts eine mit Zeitschriften aus den 80er und 90er Jahren, links eine, voll mit alten Audiokassetten.

Solche inzwischen hoffnungslos veralteten Tonträger waren für ihn insofern nach wie vor von Interesse, als er in seinem Wagen noch ein älteres Autoradio mit Kassettenteil hatte. Und da es noch voll funktionsfähig war und von einem makellos klaren Klang, kam es für ihn überhaupt nicht in Frage, dieses alte Gerät gegen ein neues auszutauschen.

So zog er die linke Kiste ein Stück weit unter dem Tisch hervor, ging in die Knie und beugte sich darüber, um sich einen groben Überblick zu verschaffen: Einige Originalkassetten waren darunter, von Scooter, den Backstreet Boys, Kuschelrock, sogar von Nirvana und Pearl Jam. Das Gros machten aber handbeschriftete Mixed Tapes aus, genau von der Art, wie er sie selbst damals in seiner Teenager-Zeit in mühevoller Arbeit, zunächst von Schallplatte oder vom Radio, späterhin dann auch von CD, aufgenommen und möglichst kreativ bekritzelt hatte.

Seitlich fielen ihm ein paar nebeneinanderstehende Tapes ins Auge, die alle praktisch uniform beschriftet waren: „Mix 91" bis „Mix 95", insgesamt fünf Stück, alle um die Titelbeschriftung herum mit fast identischen Blumenmotiven verziert. Die einzelnen Lieder waren auf den Hüllen jedoch nicht verzeichnet, was die Sache für ihn freilich noch ein Stück geheimnisvoller, mithin spannender machte.

Während seines Studiums Anfang bis Mitte der 90er Jahre hatte er intensiv wie nie wieder in seinem Leben die aktuelle Musik verfolgt, so dass ihn nun brennend interessierte, was jemand anderes zu jener Zeit gehört haben mochte, ob dabei die Gemeinsamkeiten oder Differenzen mit seinen Erfahrungen überwogen, ob er vielleicht sogar von gänzlich unbekannten Titeln überrascht werden könnte.

Das Reizvollste an solchen Bändern war für ihn aber die Aussicht, sich über die fremde Musikzusammenstellung eine Vorstellung von der Persönlichkeit des vormaligen Besitzers zu machen, gleichsam in diese unbekannte Person hineinkriechen zu können. Nach der ersten Inaugenscheinnahme der Kassetten sagte ihm seine Erfahrung, dass sie von einer Frau oder besser gesagt einem Mädchen stammen müssten – vielleicht ja von der Verkäuferin selbst. Für eine weibliche Urheberschaft sprach besonders die Art der Bemalung und die noch etwas ungelenke, aber mit großer Ernsthaftigkeit geschwungene Handschrift.

Letztendlich gelang es ihm, den Preis für die fünf Bänder auf zwei Euro herunterzuhandeln, und so verstaute er sie mit dem wohligen Gefühl, einen kleinen Schatz gehoben zu haben, in seinem Rucksack.

Noch während des Einpackens war er jedoch dermaßen neugierig geworden, was es mit den Tapes auf sich hatte, dass er den Flohmarktbesuch an diesem Punkt abbrach und auf schnellstem Wege seinem Auto entgegenstrebte.

Den Rucksack auf dem Beifahrersitz abgestellt, griff er sich wahllos eine der Kassetten heraus, die von dem Gerät langsam in seinen Schlund gezogen wurde, während sich der Motor mühevoll hochrappelte.

"Rhythm is a dancer, it's a soul companion, you can feel it everywhere ..." – das Lied kannte er natürlich bis zum Abwinken von unzähligen Partys und Disko-Besuchen, wenngleich ihm der Name der Gruppe nicht mehr geläufig war. Danach „Two Princes" von den Spin Doctors, ein Song, den er nach wie vor heiß und innig liebte, insbesondere den funkigen Rhythmus, der seine Finger am Lenker unfreiwillig mitklopfen ließ; schließlich „What's Up" von den 4 Non Blondes – grässlich, das Gejaule hatte er schon damals gehasst!

Er spulte vor bis zu einem skurrilen Lied mit Flöten und Dudelsäcken, das überhaupt nicht zu den bisherigen Titeln passen wollte.

Er sagte sich, dass das Mädchen, dem die Kassetten gehört hatten, zu der Zeit wohl irgendwo in Schottland Urlaub – womöglich eine Jugendfreizeit – gemacht haben müsste. Für ihn die einzig schlüssige Erklärung für diesen Ausreißer.

Dann auf einmal, mitten im Dudelsack-Song, knackte es einige Male; man hörte, wie ein Mikrophon gerichtet wurde und daraufhin eine Mädchenstimme schüchtern zu sprechen begann:

„Test – Test – Test. Hallo, ich bin die Claudia. Ich möchte euch heute ein Lied vorsingen, das mir zur Zeit am besten gefällt, also … Moment … so, jetzt …: All that she wants … another baby, … gone tomorrow, boy, All that she wants is another baby, he-he-hey / All that she wants … another baby, … tomorrow, boy, All that she wants … another baby, he-he-hey …

Ja, also das war mein Lieblingslied. Ich hoffe, es hat euch gefallen.

Mir geht es ganz gut zurzeit. Ich war eben in der Schule, und Herr Lange, mein Mathe-Lehrer, ist mir wahnsinnig auf die Nerven gegangen – aber das ist ein anderes Thema.

Das, worüber ich sprechen will, liegt schon länger zurück, aber ich kann das einfach nicht vergessen: Mein Vater ist vor vier Jahren gestorben und wir waren alle furchtbar traurig, dass er nicht mehr da war. Nach einiger Zeit hat meine Mutter einen Mann kennengelernt, den sie dann immer mit nach Hause gebracht hatte, bis sie ihn dann irgendwann geheiratet hat.

Ich verstand mich nicht so gut mit ihm, und auch er schien mich nicht so zu mögen – wir gingen uns so gut es ging aus dem Weg.

Einmal musste meine Mutter aber dringend zu meiner Oma fahren, und da meine Oma einige hundert Kilometer von uns entfernt in Bayern, noch unter München, wohnt, ließ sie mich mit meinem Stiefvater alleine hier, weil ich ja am nächsten Tag zur Schule musste.

Er ist direkt, nachdem meine Mutter losgefahren war, unten zum Kiosk und hat sich eine Flasche Schnaps geholt, die er bis zum Mittag ausgetrunken hatte. Seine Fahne war in der ganzen Wohnung …"

An dieser Stelle brach die Aufnahme abrupt ab und man hörte für ein paar Augenblicke nur noch die schleifenden Laufgeräusche, bevor das Band vom Gerät ausgeworfen wurde …

Die Käfer sind HERVORGEKOMMEN

Als sie erwachte, hatte sie keine Ahnung, wo sie war, noch konnte sie überhaupt etwas in dem finsteren Raum erkennen, da die Rollläden oben durch einen schmalen Schlitz nur ein Minimum an Licht durchließen.

Zudem musste sie sich erst einmal den Schlafsand aus den verklebten Augen reiben, bis sie anhand des Wandschmucks und der Möbel gewahr wurde, dass sie sich in ihrem eigenen Schlafzimmer befand – das zumindest war schon mal eine beruhigende Erkenntnis.

Nach und nach kehrte auch die Erinnerung zurück, wie sie sich die ganze letzte Nacht über die Augen aus dem Kopf geheult hatte und erst nach Einnahme einer Schlaftablette irgendwann im tiefsten Morgengrauen eingeschlafen sein musste.

Es war also leider kein schlechter Traum – soweit sah sie mittlerweile klar –, dass sie sich gestern von ihrem langjährigen Freund getrennt hatte. Besser gesagt hatte sie ihn achtkantig aus ihrer gemeinsamen Wohnung geworfen, nachdem er ihr gestanden hatte, sie über ein Jahr mit einer guten gemeinsamen Freundin betrogen zu haben.

„… tut mir so unendlich leid … nicht so, wie du denkst … nicht alles wegwerfen … vorne schauen … liebe doch nur dich … nicht mehr als mich entschuldigen …"

Irgendwann fühlte sie sich derart verraten und verkauft, dass sie sein erbärmliches Gestammel nicht länger ertrug, ihn kurzerhand packte und seinen massigen Körper halb schiebend, halb zerrend vor die Wohnungstür drängte.

Dann knallte sie die Tür hinter ihm zu, um sie bald darauf noch einmal kurz zu öffnen, aber nur zu dem Zweck, seine schwere schwarze Lederjacke über das Treppengeländer hinweg auf einen der unteren Treppenläufe zu schleudern. Dann schloss sie die Tür endgültig hinter ihm ab und zog zuletzt auch noch die Türkette vor – Schluss, aus, Mickymaus!

„Sandra, mach keinen Quatsch, lass mich wieder rein! Komm schon, lass uns ..." hörte sie ihn noch beschwörend auf die Wohnungstür einreden, während sie die Badezimmertür hinter sich schloss.

Sie nahm sich ein Paar Ohrstöpsel aus dem Spiegelschrank, ging ins Schlafzimmer und warf ihre Kleidung auf den Sessel. Dann ließ sie sich wie ein nasser Sack ins Bett fallen: Nur noch schlafen und sich und die verdammte Welt um sich herum verges-sen!

Doch kaum dass sie im Bett lag, fingen ihre Gedanken heftig zu kreisen an, immer schneller, bis ihr schwindelig wurde und sie den Anflug eines Brechreizes verspürte. Sie ging ins Bad und ließ sich eine ganze Weile eiskaltes Wasser übers Gesicht laufen, so dass die Übelkeit langsam verflog.

Er hatte sie immer wieder mal schlecht behandelt, zwei Mal gar mit der flachen Hand ins Gesicht geschlagen. Trotzdem hatte sie ihm jedes Mal aufs Neue verziehen, weil sie ihm glaubte, glauben wollte, wenn er ihr mit Tränen in den Augen Besserung gelob – schließlich war er die Liebe ihres Lebens ...

Und während sie sich noch Stunde um Stunde mit ihren bleiernen Erinnerungen in den Laken wälzte, mussten sich die verworrenen Bilder und Gesprächsfetzen in ihrem Kopf dann doch im Laufe des frühen Morgens im Dämmerschlaf aufgelöst haben.

Noch ein Moment der Besinnung, dann stand sie benommen auf, nur mit Mühe imstande, ihr Gleichgewicht zu halten. Sie schlurfte zur Fensterwand hinüber, zog die Rollläden hoch, machte beide Fenster sperrangelweit auf. Flugs kam die knackige Kälte zu ihr hereingestiegen und trieb im Nu sämtliche dunklen Geister der Nacht aus dem Zimmer.
Dass es draußen dämmerte, irritierte sie, da sie keinen blassen Schimmer hatte, ob es Morgen oder Abend war.
Ein Blick auf ihr Handy auf dem Nachttisch klärte sie dann auf, dass sie mehr als einen vollen Tag geschlafen haben musste, sie ihren heutigen Spätdienst somit fast komplett verschlafen hatte.

Prompt kamen schwere Schuldgefühle in ihr hoch, dass sie ihre Kolleginnen auf derart selbstsüchtige Weise im Stich gelassen und ihnen dadurch jede Menge Mehrarbeit aufgehalst hatte – sie müsste gleich unbedingt auf der Station Bescheid geben. Doch freilich nicht eher, bis sie das Durcheinander in ihrem Kopf geordnet bekäme, denn sonst wäre sie zu gar nichts zu gebrauchen und würde nicht einen einzigen Satz gerade herausbekommen.

Also ging sie ins Arbeitszimmer, fuhr den Computer hoch, setzte sich in der Küche einen Kaffee auf und sprang schließlich unter die Dusche. Dadurch, so ihre Hoffnung, würde sie rasch wieder zu sich kommen.

Frisch geduscht im Bademantel, ein Handtuch kunstvoll zum Turban gewickelt, saß sie nun mit einem schwarzen Kaffee in der Hand vor dem PC und rief ihre Mails ab. Währenddessen schaute sie auf einer Nachrichtenseite nach, ob zumindest die Welt noch stand und in den langen Stunden ihrer Nicht-Existenz nicht auch noch untergegangen war.

Sobald die Kaffeetasse geleert war, klopfte ihr Pflichtgefühl aufs Neue mit einer solchen Wucht bei ihr an, dass sie diesmal direkt nachgab und sich das Telefon aus dem Flur holte, welches ihr aufgeregt blinkend die eingegangenen Anrufe vom Krankenhaus unter die Nase rieb.

Sie rief auf der Station an und entschuldigte sich mit unüberhörbar schlechtem Gewissen für ihr Fehlen, wobei sie jedoch vorgab, an einer Magenverstimmung gelitten zu haben. Über die wahren Gründe zu reden, dazu fühlte sie sich in dem Moment völlig außerstande. Sie beteuerte, am darauffolgenden Tag noch vor Dienstbeginn zum Arzt gehen und den gelben Schein dann direkt vorbeibringen zu wollen.

Ihre Kollegin am anderen Ende ließ es zum Glück dabei bewenden, so dass sie nach dem Gespräch erst einmal tief durchatmete und sich von einer zentnerschwere Last befreit fühlte.

Zurück am Computer sondierte sie die eingegangen Nachrichten: Eine der Mails, welche, wie sie auf einen Blick erkannte, von ihrer Mutter stammte, stellte sie wie immer für zwei, drei Tage zur Beantwortung zurück. Denn es war schon ein Kreuz mit der alten Dame: Zuerst pflegte sie, all ihre Zipperlein rauf- und runterzudeklinieren, um ihr danach weinerlich vorzuhalten, dass sie sich als Tochter sowieso viel zu wenig um sie kümmere. Diese ständigen Vorwürfe waren mit Abstand das Letzte, wonach ihr gerade der Sinn stand.

Bei den restlichen Nachrichten handelte es sich um reine Spam-Mails, deren Betreffzeilen vor dem Löschen wie üblich nur kurz an ihr vorbeirauschten:

Ehebruch wegen Schnarchen – gelöscht.
Wunsch nach einem größeren Glied? 1 Kapsel jeden Tag – gelöscht.
BESEITIGE Nagelinfektion – Fußspray gegen Nagelpilz, wirksam – gelöscht.
KEIN Lärm MEHR: kein Schnarchen – gelöscht.
Die Käfer sind HERVORGEKOMMEN? - Stoppe sie – gelöscht,

und schließlich ein Betreff, bei dem sie ins Stutzen geriet:

Wen du glaubst es geht nich mehr

Die Zeile kam ihr so außergewöhnlich vor, dass es sie drängte, kurz nachzusehen, welches Produkt darin wohl beworben wurde – vermutlich auch wieder Viagra …

Nein, um Viagra ging es dabei nicht. Vielmehr schrieb da ein gewisser William aus Nigeria in gepflegtem, nur hier und da von kleinen charmanten Rechtschreibfehlern durchsetztem Deutsch, dass ihm seine Gattin vor fünf Jahren an Brustkrebs gestorben sei. Seitdem sei er wieder auf der Suche nach einer lieben Frau, die zu ihm passe, ihm vielleicht neuen Lebensmut geben könne, damit die Sonne auch mal wieder für ihn scheine.

Danach kam er auf weitere Details aus seinem Leben zu sprechen: Seit über zehn Jahren schon betreue er in Nigeria ein größeres kirchliches Sozialprojekt, stamme ursprünglich jedoch aus Wales. Die deutsche Sprache – oder besser gesagt die paar Brocken, die er mittlerweile beherrsche – habe ihm eine Freundin aus Deutschland beigebracht, mit der er seit nunmehr zwanzig Jahren in regelmäßigem Kontakt stehe, die er sogar mehrmals in Heidelberg besucht habe – für ihn eine der schönsten Städte überhaupt. Und er könne sich, nebenbei bemerkt, gut vorstellen, irgendwann sogar seinen Lebensabend dort zu verbringen.

Der Ton seiner Worte rührte sie: Die Aufrichtigkeit, die angenehm zurückgenommene Art, wie er über sich und sein Leben sprach, das hatte zur Folge, dass sie ihm tatsächlich eine Mail zurückschrieb. Sie wollte für sich geklärt haben, ob der Text von einem Automaten stammte – für sie die wahrscheinlichste Erklärung – oder nicht doch von einem Menschen aus Fleisch und Blut.

In knapper Form stellte sie ihm ein paar Rückfragen zu seiner Arbeit und seinen weiteren Lebensumständen dort unten in Afrika. Schwer vorstellbar, dass ein Automat im Einzelnen darauf würde eingehen können ...

Schon zwei Stunden später – inzwischen hatte sie etwas Leichtes gegessen, vor allem aber die Wohnung wieder auf Vordermann gebracht –, zappelte Williams Antwort in ihrem E-Mail-Postfach.

Er freue sich ausgesprochen über ihre Rückmeldung, da sie einen überaus sympathischen Eindruck auf ihn mache. Und mit ihrer ehrlichen, direkten Art habe sie ihn unwillkürlich an seine verstorbene Frau Katharine erinnert, die immer ähnlich resolut aufgetreten sei, dabei aber ein Herz aus Gold gehabt habe. Überhaupt wäre er ihr dankbar, wenn sie ihn Bill nennen würde – genau wie seine Katherine früher, in den guten alten Zeiten.

Danach ging er direkt auf ihre Fragen ein: Er wohne in einem bescheidenen Haus, von dem er zwei, drei Fotos angehängt hatte – ein weißes Häuschen mit niedriger Decke, das im Ganzen kaum mehr als vier oder fünf kleine Räume haben konnte. Auch von ihm selbst hatte er ein Foto beigefügt.

Keine Frage: Der Mann war etliche Jahre zu alt für sie, und dennoch übte er eine ungeheure Anziehungskraft auf sie aus: sein gepflegtes Äußeres, die angenehmen Gesichtszüge, insbesondere die treuen blauen Augen, die so perfekt zu seinen warmen Worten passten. Inzwischen hatte sie sogar eine genaue Vorstellung davon, wie seine Stimme dazu klingen müsste …

Weiter schrieb er, dass er mit seiner Organisation sozial benachteiligte Kinder kostenlos vom Land in die Stadt zur Schule befördere. Eine eminent wichtige Sache sei das, dass die Kleinen ein Mindestmaß an Bildung bekämen, wo die Analphabetenquote in dem Landstrich doch so über alle Maßen hoch sei.

Doch der Schultransport sei leider Gottes erst einmal ausgesetzt, seitdem die korrupte nigerianische Polizei ihren Kleinbus Anfang der Woche unter fadenscheinigen formalen Gründen aus dem Verkehr gezogen habe. Nun müssten sie erst einmal 100,- Dollar berappen, um den Wagen wieder auszulösen.

Er schloss damit, dass er sie auch nicht weiter mit solchen unschönen Dingen belasten wolle, sondern ihr lieber aus tiefstem Herzen tausend Grüße ins wunderschöne Deutschland sende und ihr weiterhin alles Gute wünsche.

Die Mail beschäftigte sie weit mehr, als sie sich zugestanden hätte; zum einen insofern, als es sie erstaunte, wie stark sie sich dem Fremden bereits nach den wenigen Zeilen verbunden fühlte: Er war sozial engagiert und schien wirklich mal ein Mann mit großer Empathie zu sein – in allem so wohltuend anders als ihr Ex-Freund. Zum anderen wegen der unverhohlenen Skrupellosigkeit der nigerianischen Polizei, welcher das Schicksal der Kinder vor Ort offenkundig vollkommen gleichgültig war.

Selbstverständlich hätte sie – zumal nach einer vor ein paar Jahren angetretenen Erbschaft von ihrem Onkel – genügend Geld auf der hohen Kante, um Bill mit seinen Kindern in dieser akuten Notlage unter die Arme greifen zu können. Schließlich ging es hier ja – sie hatte sich den Betrag extra im Internet umrechnen lassen – um gerade mal 85,- Euro. Und wenn der Bus erst ausgelöst war, würden sie ja wieder bestens alleine zurechtkommen.

So beschloss sie im Laufe des nächsten Tages, nachdem sie eine Nacht darüber geschlafen hatte, sich von Bill unverbindlich dessen Kontonummer durchgeben zu lassen. Dann könne sie ja immer noch frei, ohne jeden Druck entscheiden, ob sie den läppischen Betrag letztlich anweisen würde. Das Risiko für sie ging dabei ja praktisch gegen Null ...

Tod am Mittag

Eine ganze Weile schon saß er auf der langen Holz-
bank vor dem Hauptbahnhof und genoss es geradezu, dass ihm die Sonnenstrahlen vorwitzig in die
Nase zu kneifen begannen. Nach den elendig langen
dunklen Monaten kündigte sich nun endlich der
Sommer an und trieb am ersten warmen Wochenende des Jahres eine große Schar Menschen über
den Bahnhofsvorplatz.

Er war ganz in sein Buch versunken, dass er nicht
merkte, wie sich hinter ihm ein Pärchen der rücksei-
tigen Bank näherte. Erst als es kurz darauf anfing,
lauthals Arabisch miteinander zu sprechen, fuhr er
von seiner Lektüre auf und drehte sich zu ihm um:
Die Frau mit dunklem Kopftuch hatte bereits Platz
genommen und neben sich eine größere Plastiktüte
abgestellt. Etwas seitlich davon stand der Mann –
vermutlich ihr Ehemann – mit ölig schwarzen Haa-
ren, eine kleine Brötchentüte in der Hand.

Die beiden sprachen derart laut miteinander, dass
er sich kaum auf sein Buch konzentrieren konnte
und es erst einmal beiseitelegte, um seinen Kopf bei
geschlossenen Augen der wiedererstarkten Sonne
entgegenzustrecken – wie hatte er das die lange
graue Zeit über vermisst!

Dann und wann mit einem Auge blinzelnd, wun-
derte er sich über den strahlend blauen, fast schon
mediterran anmutenden Himmel, einzig geschmä-

lert von einer schmutzgrauen Wolke, welche über dem seitlichen roten Amtsgebäude hervorlugte und in Zeitlupentempo auf den Bahnhof zugekrochen kam.

Nach dem kurzen Sonnenbad nahm er sich wieder seinen Leinenband vor und sah bei einem Blick zurück auf das Pärchen, dass der Mann das Brötchen aus der Tüte gezogen hatte und Bröckchen davon dezent vor sich zu Boden fallen ließ. So dauerte es nicht lange, bis eine der zahlreichen Tauben vom Bahnhof – eine schneeweiße mit vereinzelten schwarzen Sprengseln – angeflogen kam und die Krumen vom Boden aufpickte.

Gerade wollte er sich wieder dem Kapitel über Bismarcks Abdankung zuwenden, als ein paar Meter vor ihm, gleichsam auf der Nebenbühne des Bahnhofs, ein zweites Schauspiel zur Aufführung kam: Zwei kleine Mädchen standen sich im Abstand von zwei, drei Metern gegenüber. Das eine Mädel mit Pferdeschwanz hielt eine rote Jacke vor sich, während das andere, die Zeigefinger gegen die Schläfen gedrückt, das rote Stück Stoff anlief: „Olé ... olé ... olé ..."

Er musste schmunzeln, bevor ihm auffiel, dass er mal wieder seine Kamera vergessen hatte – das wäre zweifelsohne ein Foto wert gewesen.
Gebannt verfolgte er noch eine ganze Zeit, wie das eine Mädchen, hin und wieder laut aufschnaubend, immer wieder von Neuem auf den roten Stoff losstürmte, während sich aus seinen Augenwinkeln heraus irgendwann erneut das Treiben des arabischen Pärchens in sein Blickfeld schob: Der Mann

hatte sich aus der Hocke heraus aufgerichtet und nahm, die weiße Taube wie eine kostbare dünnwandige Porzellanschale in beiden Händen haltend, neben seiner Begleiterin Platz.

„Olé, olé!" schallte es erneut aus der Stierkampfarena zu ihm herüber, diesmal aber noch um einiges lauter. Die beiden Mädels hatten ihre Rollen getauscht: Das stämmige Mädchen, das die rote Jacke nunmehr von ihrer Freundin mit dem Pferdeschwanz übernommen hatte, spielte die Rolle der Stierkämpferin noch inbrünstiger, um nicht zu sagen reichlich übermotiviert. Ungeachtet der vielen Leute auf dem Bahnhofsvorplatz feuerte sie den angreifenden Stier lautstark an, um dessen scharfen Hörnern jedes Mal in einer seitlich abrollenden Bewegung auszuweichen. Zum Abschluss stieß sie ihre Faust ungestüm in seine Flanke, dass der Stier aus dem Tritt kam und etwas unsanft zu Boden ging. Er krümmte sich am Boden und fing zu flennen an, den Mund absurd weit aufgerissen, ohne auch nur einen einzigen Laut hervorzubringen, was wohl eher dem Schreck als irgendwelchen Schmerzen geschuldet war. Was für ein grandioses Schauspiel!

Bei einem neuerlichen Schulterblick bemerkte er, dass der Araber seine Brötchentüte nunmehr zusammengepackt hatte und die Frau beim Aufstehen leicht in die Seite stupste. Dann strebten beide schnurstracks der Fußgänger-Ampel Richtung Innenstadt entgegen.

Gibt's das? Ist das gerade wirklich passiert?! ...

Er war wie gelähmt: Die weiße Taube war jetzt nirgends mehr zu sehen, derweil die Brötchentüte des Mannes im Vergleich zu vorher eine deutlich sichtbare Ausbeulung aufwies; zudem war das Paar unvermittelt aufgebrochen. Man brauchte ja nur eins und eins zusammenzählen.

Er schaute sich um, ob vielleicht noch jemand die Szene beobachtet hätte, mit dem er Rat zu dem Vorfall halten könnte, doch auf der rückwärtigen Bank saß nur ganz am anderen Ende ein dicker Teenager, der sich mit einem großen Kopfhörer demonstrativ vor der Außenwelt abschirmte. Dazu schlang er auf unansehnliche Weise einen Hamburger vom Bahnhofs-lmbiss in sich hinein und hielt, um das möglichst schnell und ohne Zeugen über die Bühne zu bringen, eine Zeitung als Sichtschutz vor sich. Der hatte mit ziemlicher Sicherheit nichts mitbekommen.

Dann sprang sein Blick hinüber zum Bahnhofseingang, wo seit kurzem an den Wochenenden nun immer Polizisten mit Maschinenpistolen postiert waren, doch er wurde immer unschlüssiger: Sollte er den Fall anzeigen, ja war er nicht sogar dazu verpflichtet? Das Pärchen war noch in Sichtweite und hatte an der Fußgängerampel gerade erst die andere Straßenseite erreicht. Würde er den Vorfall jetzt melden, wären die beiden auf jeden Fall noch greifbar; die Sache ließe sich gleich an Ort und Stelle klären.

Bei alledem war er ja weiß Gott kein Taubenfreund – ganz im Gegenteil hasste er die Viecher regelrecht, in erster Linie aus dem Grunde, dass er unter der Eisenbahnunterführung ein paar Schritte von seiner Wohnung entfernt tagtäglich durch deren dichten Kot-Teppich staksen musste. Auch dieses ständige Geflatter beim Auffliegen war ihm ein Gräuel, und nicht zuletzt waren Tauben ja auch noch ausgewiesene Krankheitsüberträger.

Aber nichtsdestotrotz gab es ja sowas wie Regeln: Tiere waren schließlich keine Dinge, über die man nach eigenem Gusto verfügen oder denen man gar einfach mal so den Hals umdrehen konnte.

Andererseits wiederum verabscheute er Denunziantentum aus tiefstem Herzen. Er hatte mit der Obrigkeit noch nie was zu schaffen gehabt und gedachte auch nicht, dies künftig zu ändern. Aber in diesem Fall?

Doch wäre er nicht ein Ausländerfeind, ein übler Nazi gar, wenn er diesen Vorfall zur Anzeige brächte und das arabische Pärchen durch ihn womöglich in große Schwierigkeiten geriete? Ein Blockwart doch zumindest ...

Die ganzen Argumente pro und contra schwirrten in seinem Kopf herum, als er das Pärchen jetzt drüben hinter einer Straßenecke verschwinden sah.

Nach wie vor war er völlig hin- und hergerissen: Der Drang, zu den Polizisten hinüberzugehen und ihnen den Sachverhalt zu schildern, war ebenso stark wie die Kraft, die ihn davon zurückhielt. Und so saß er mit vorgebeugtem Oberkörper auf der Bank, während beide Beine unkoordiniert auf- und niederwippten, umso schneller, je länger seine Unentschlossenheit andauerte.

Unterdessen hatten sich die beiden Polizisten mit den MPs einen dunkelhäutigen Mann aus der Menge herausgefischt, ihn in ihre Mitte genommen und redeten intensiv auf ihn ein. Dann geleiteten sie ihn quer über den Platz zur roten Polizeistation schräg gegenüber, wo sie aller Voraussicht nach seine Identität feststellen wollten.

Da er dies Vorgehen der Polizei auf dem Bahnhofsvorplatz schon mehrfach beobachtet hatte, wusste er, dass nun bestimmt eine halbe Stunde vergehen würde, bis die Polizisten zum Bahnhof zurückkämen. Für ihn ein Wink des Schicksals, die Sache endgültig auf sich beruhen zu lassen – das war ihm letztlich dann doch alles zu umständlich.

So lehnte er sich wieder zurück und widmete sich von Neuem der Bismarck-Sache.

Doch kaum hatte er eine halbe Seite in seinem Buch weitergelesen, wurde ihm bewusst, dass er nicht ein einziges Wort davon registriert hatte: Immer wieder war sein Blick beim Lesen zwischen die Zeilen geraten, währenddessen seine Gedanken weit abschweiften.

Der Vorfall mit der Taube wollte ihm einfach nicht aus dem Kopf, und dagegen war ein vertracktes historisches Sachbuch ganz offenkundig nicht das geeignete Gegenmittel.

Indem er sich noch eine Weile vergeblich zum Weiterlesen zwang, sich mühsam von Wort zu Wort hangelnd, von Satz zu Satz und wieder zurück, fing es darüber schließlich zu tröpfeln an. Er klaubte seine Sachen zusammen und machte sich übellaunig auf den Heimweg. Das Wochenende war für ihn

komplett gelaufen: Was für ein verfluchter Scheiß-
Tag ...

Jenseits vom Eden

Wilhelm Schmidt von der Saxonia-Versicherung in Köln hatte noch ganze drei Arbeitstage vor sich, bevor er in Rente gehen würde, als ihn sein Freund und Kollege Günther Kaiser kurz vor Feierabend beiseite nahm und ihm unter konspirativem Gemurmel einen Briefumschlag in die Jackett-Tasche steckte, der die beiden ein paar Wochen später nach Hamburg ins Eden führen sollte.

„Bist schon ein verrückter Hund, Günther! Das werde ich verdammt vermissen, du, glaubste?", sagte der frisch gebackene Rentner zu seinem Kollegen, welcher gerade damit beschäftigt war, das Auto eine Seitenstraße vom Eden entfernt rückwärts in eine Parklücke zu setzen.

„Ein Abgang mit Pauken und Trompeten – so gehört sich das doch wohl für einen Strategen wie dich", meinte Kaiser darauf schmunzelnd, während er den Wagen zum Stehen brachte und den Zündschlüssel abzog. Im Gegensatz zu Kaiser, der für die Saxonia im Außendienst arbeitete und deshalb alle Ecken des Landes zu kennen schien, war Schmidt das Eden bis dahin unbekannt.

„Den Gutschein hast du hoffentlich dabei?!" warf Kaiser beim Öffnen der Fahrertür halb rückwärtsgewandt noch in den Fahrerraum, woraufhin Schmidt an der Innentasche seiner Jacke fingerte und den Umschlag schließlich irgendwo zwischen einem Taschenkalender und diversen Zetteln hervorzog. Dann klappte er die Sonnenblende herunter und musterte sich kurz im Spiegel. Mit einer Hand fuhr er sich durchs Haar, strich sich noch mit dem rechten Mittelfinger über die Augenbrauen, bevor er die Blende auch schon wieder zurückklappte und aus dem Wagen stieg.

„Komm schon! Du siehst scheiße aus wie immer ..." Beide lachten übertrieben laut auf, wohl nicht zuletzt, um ihre Anspannung zu überspielen und feixten die paar Schritte zum Haus hinüber noch ausgelassen weiter.

Von außen war das Eden ein unscheinbarer dreistöckiger Neubau, und ohne das blinkende Neonschild „Open" im Fenster neben dem Eingang wäre Schmidt wohl nie auf die Idee gekommen, dass es sich dabei um so eine Adresse handeln könnte.

Kaiser klingelte, woraufhin der Türöffner unvermittelt ging, als hätte jemand am Fenster auf sie gewartet. Kaum eingetreten, schlug ihnen ein Zusammenklang unterschiedlichster Frauenparfüms entgegen, dazu eine Spur Chlor von Reinigungsmitteln sowie weitere Komponenten, die sich allerdings nicht näher zuordnen ließen.

Im Foyer kam ihnen die Dame des Hauses, Mme Véronique, mit weit ausgebreiteten Armen und fast ebenso breitem Lächeln entgegen:

„Hallo, Herr Kaiser! Der Herr Kaiser von der Hamburg-Mannheimer – wie schön, dass Sie uns mal wieder beehren!"

„Von der Saxonia, wenn ich bitten darf, Gnädigste", verbesserte Kaiser sie, und beide lachten unisono auf. Der vertraute Ton der beiden untereinander, die eingespielten ironischen Gesten, das alles legte den Schluss nahe, dass diese Begrüßung ein alter, ritualisierter Scherz zwischen ihnen war.

„Hallo, Vroni. Schön, dich zu sehen. Alles gut?" Kaiser umarmte sie und gab ihr links und rechts einen Kuss.

„Ja, ja. Ich hoffe, ihr hattet eine gute Anreise. Keinen Stau auf der A1?" Anstatt die Antwort abzuwarten, klatschte sie zweimal kurz in die Hände und rief in Richtung Decke: „Määääääädels, kuckt mal, wer hier ist …"

An Schmidt gewandt meinte sie, wiederum mit breitem Lächeln: „Sie habe ich hier aber noch nie gesehen. Ich bin Mme Véronique, sowas wie die Mutter der Kompanie hier. Wie ist denn Ihr werter Name?"

„Willi Schmidt, angenehm." Er gab ihr die Hand und registrierte voller Behagen, wie er daraufhin allmählich von einer Wolke ihres aufdringlich süßen Parfüms eingehüllt wurde.

Nach und nach kamen an die zehn junge Frauen aus ihren Zimmern und scharten sich um die Chefin mit den beiden Gästen.

„Der Herr Kaiser nimmt wie immer unsere süße Schokomaus Alicia, nehme ich an?".

„Ja, sicher." Wieder tauschten Mme Véronique und Kaiser ein komplizenhaftes Grinsen. Kaiser ging auf Alicia zu, küsste sie links und rechts auf die Wange und verschwand mit ihr auf einem der Zimmer ganz am Ende des Flurs.

„Und wie sieht's mit Ihnen aus, Willi? Für welches Mädel entscheiden Sie sich? Bei uns im Eden haben Sie immer nur das eine leidige Problem: Eine ist hübscher als die andere, deshalb ..."

Sie war mit ihren Ausführungen noch nicht ganz am Ende, da nahm Schmidt aus den Augenwinkeln heraus eine Blondine wahr, die sich polternd, mit seltsam ungelenken Bewegungen die Treppe herunterhangelte. Magnetisch zog sie seine Blicke auf sich und ließ ihm den Atem stocken: Langes blondes Haar, gönnerhafte Oberweite, ewig lange Beine – genau sein Typ. Ganz entfernt erinnerte sie ihn sogar an seine Ex-Frau in jungen Jahren.

Als sie ihre Chefin vorhin von unten rufen hörte, war sie mitten dabei, Mascara aufzutragen, so dass sie der Aufforderung erst mit leichter Verspätung nachkommen konnte und der Treppe daraufhin umso eiliger entgegentippelte.

Oh, Gott, ist das nicht ...?!

Nachdem sie den älteren Herrn unten mit ihrer Chefin auf den zweiten oder dritten Blick dann doch endlich erkannt hatte, traf sie fast der Schlag: Ihre Knie wurden weich und ein Fuß knickte ihr weg. Hätte sie nicht reaktionsschnell nach dem Handlauf des Geländers gegriffen, wäre sie wohl übel die Treppe hinuntergestürzt. So brauchte sie ein paar Stufen, bis sie sich endgültig wieder gefangen hatte, wenngleich ihr das nicht gerade sonderlich damenhaft gelungen war.

Ein Hitzeschwall durchflutete ihren Körper, dass sie meinte, auf der Stelle von innen verbrennen zu müssen. Konnte dieser Zufall möglich sein? Oder noch schlimmer: War das womöglich gar kein Zufall?

Auch wenn er alt geworden war, das Haar nunmehr weiß und schütter, erkannte sie ihren Vater natürlich auf Anhieb wieder – die Gesichtszüge waren unverkennbar.

Sie hatte ihn über zwei Jahrzehnte nicht mehr gesehen, seit sie mit siebzehn Jahren von zuhause abgehauen und mit ihrem damaligen Freund im Hamburger Rotlichtviertel untergetaucht war. Danach hatte sie in diversen Hamburger Etablissements gearbeitet, bis sie vor ein paar Jahren endgültig hier im Eden vor Anker gegangen war: Eine wirklich gute Adresse – sie war rundum zufrieden mit sich und ihrem Leben. Alles tutti – und jetzt das.

„Darf ich vorstellen: Das ist Mandy, die uns gerade entgegengestolpert kommt", sagte Mme Véronique, der Schmidts Raubtierblick in Richtung Treppe natürlich nicht entgangen war. „Eine unserer besten Stuten im Stall, sozusagen". Diesmal ein befremdlich tiefes Glucksen der Chefin, das Schmidt jedoch nicht einmal zur Kenntnis zu nehmen schien; vielmehr wollte er seine langbeinige Beute auf keinen Fall mehr aus den Augen lassen.

„Willi, hallo." Er gab Mandy die Hand, deutete dazu – ganz Kavalier der alten Schule – einen Handkuss an. „Kann es sein, dass wir uns von irgendwoher kennen?"

Sie schreckte zusammen und versuchte, seinem Blick auszuweichen, indem sie über seine rechte Schulter hinweg blickte, als gäbe es dort hinten zwischen den Zimmerpflanzen irgendwas Ungewöhnliches zu sehen. Abwechselnd jagten warme und kalte Schauer über ihren Rücken, während sie versuchte, ihre Fassung wiederzuerlangen und sich bei alldem nichts anmerken zu lassen.

„Nein, auf keinen Fall. Ich habe dich jedenfalls noch nie gesehen. Und mein Gedächtnis ist sehr gut, zumindest bei Gesichter", antwortete sie, vielleicht eine Spur zu hastig.

„Und ich hätte schwören können ... egal – gehen wir?!" brachte er mehr befehlend als fragend hervor, hielt ihr seinen Arm hin, woraufhin sie sich notgedrungen unterhakte und ihn nach oben aufs Zimmer führte.

„Hat ja was von einem Gang zum elektrischen Stuhl ", dachte sie noch bei sich, als sie der sich anbahnenden Hölle wie in Trance entgegenschritt.

Dass ihr eigener Vater sie nicht erkannt hatte, war schon wirklich krass, erstaunte sie selbst aber auch nicht über die Maßen, weil sich ihr Aussehen nach den unzähligen Schönheitsoperationen über die letzten zehn Jahre von Grund auf verändert hatte: Die Brüste hatte sie sich mehrfach vergrößern lassen bis zur jetzigen absurden Größe, bei der sie ihren Körper kaum noch gerade zu halten vermochte und abends praktisch nie mehr ohne Rückenschmerzen zu Bett ging. Auch die Nase hatte sie sich gleich mehrmals angleichen, ihre Gesichtshaut so bizarr weit straffen lassen, dass man Angst haben musste, ihre Haut würde ihr beim nächsten Nießen oder Husten mit einem Mal von der Stirn bis hinunter zum Kinn aufplatzen und den Gesichtsschädel freilegen. Neulich hatte sie sich in Prag sogar ihre Wangenknochen abschleifen lassen – eine höchst unangenehme Sache –, gar nicht zu reden von den regelmäßigen Botox-Injektionen.

Durch all diese Eingriffe, insbesondere im Gesicht, hatte sich ihr Aussehen derart fundamental verändert, dass sie von ihren Freiern seit geraumer Zeit eigentlich nur noch „Katzenfrau" oder auch einfach „Katze" genannt wurde. „Ist die Katze da?" war im Umkreis des Edens mittlerweile zu einem geflügelten Wort geworden, zunächst unter den Freiern, inzwischen aber auch unter ihren Kolleginnen. Ihre Chefin war, wenn sie es recht bedachte, die Einzige im Eden, die sie nach wie vor Mandy nannte.

Während sie eingeschüchtert, mit übereinandergeschlagenen Beinen auf der Bettkante saß und ebenso verzweifelt wie kopflos nach einem Ausweg aus dem Schmierenstück suchte, übernahm ihr Vater auch schon die Initiative und legte ihr seine Hand auf den Schenkel.

„Oh, mein Gott!", durchfuhr es sie. Sie sprang vom Bett auf und meinte überhastet: „Ich kann nicht ... Ich habe ... meine Tage."

„Wie, du hast deine Tage? Willst du mich verarschen? Komm her und zieh dich endlich aus!"

„Ich meinte ... ich habe schon ein Termin ... mit ein andern Kunden. Ich muss jetzt auch zu ihm ..." Diese Ausrede hatte sie jedoch derart wirr vorgebracht, sie hätte sich die Geschichte selbst wohl am wenigsten geglaubt. Trotzdem tippelte sie in ihren High Heels unbeholfen auf die Zimmertür zu, so dass es Schmidt wenig Mühe bereitete, sie auf halbem Wege abzufangen und am Handgelenk zu packen, woraufhin sie sich kaum mehr rühren konnte.

„Du bleibst schön hier, Prinzessin. Wir sind hier nicht bei *Wünsch dir was*. Du hast mich verdammt viel gekostet und solltest jetzt gefälligst liefern, wenn ich nicht langsam böse werden soll!"

Ihr ganzes Verhalten, dass sie sich sogar nach Kräften wehrte, schien ihn noch weiter zu befeuern, und so lockerte er seinen Griff nicht eher, bis er irgendwann genug hatte und sich zufrieden von ihr abrollte.

„Süße, das war wirklich schön – jeden Pfennig wert. Warte mal, ich hab da was für dich ..."

Er warf sich seine Kleidung über und ging dann hastig zur Garderobe hinüber, wo er sich seine Jacke vom Kleiderhaken nahm. Aus der Innentasche fischte er einen silbernen Kugelschreiber mit Werbeaufdruck heraus, den er kurz demonstrativ in die Höhe hielt und danach auf den Tisch legte.

„Hier, ein echter Parker. Ich hoffe, wir sehen uns bald mal wieder. Ich melde mich bei dir – versprochen."

Guten Abend, meine Damen und Herren, an diesem Mittwochabend hier aus der fast ausverkauften Grotenburg-Kampfbahn bei knackigen zwölf Grad und ansonsten perfekten äußeren Bedingungen.

Das Stadion ist mit 22.000 Zuschauern ganz ordentlich gefüllt, doch längst nicht ausverkauft, was an dem schlechten Hinspiel-Ergebnis von 0:2 liegen dürfte. Die Ausgangslage ist somit klar: Uerdingen muss mindestens drei Tore erzielen, um in die nächste Runde einziehen zu können.

Leiter der Partie ist Lajos Nemeth, ein 41-jähriger Postbeamter aus der nördlichen Puszta, der, wie er mir heute beim Mittagessen verriet, seit drei Jahren Vorsitzender des ungarischen Philatelisten-Verbandes ist.

So, nun nimmt er auch schon die Pfeife in den Mund und gibt das Spiel frei. Es geht um nichts Geringeres als den Einzug ins Halbfinale des diesjährigen UEFA-Cups. Auf geht's.

Die Aufstellungen: Bei Uerdingen im Tor Vollack, davor Herget, links natürlich wieder Buttgereit, Raschid auf rechts, ist gelb vorbelastet, muss also aufpassen ...

Ich kannte Marc erst seit kurzem, da er vor ein paar Wochen zu unserem Basketball-Team gestoßen war – ein sympathischer, umgänglicher Typ, nie um einen lockeren Spruch verlegen. Einmal besuchte ich ihn zuhause und bekam dabei Einblicke in seine

Welt, die von einem einjährigen Aufenthalt als Austauschschüler in den USA geprägt war: Nicht allein, dass er seine beiden Schildkröten Carl und Lewis genannt hatte, auch die aktuellste Run DMC-Platte, die er mir im Laufe des Nachmittags vorspielte sowie seine Kleidung samt College-Jacke und Nike-Schuhen – all das waren untrügliche Belege für seine Amerika-Begeisterung.

Irgendwann fragte er mich nach dem Training in der Umkleide-Kabine, ob wir nicht mal zusammen ins Kino gehen könnten – vielleicht ja in diesen amerikanischen Film, der gerade vor ein paar Wochen angelaufen war und ihn schon allein deshalb reize, weil ihm die ersten drei Teile der Saga extrem gefallen hätten: „Wie wär's denn mit nächstem Mittwoch?"

Auf meinen Einwand hin, dass am selben Abend das UEFA-Cup-Rückspiel von Bayer 05 Uerdingen stattfinden würde, kam von ihm nur trocken: „Uerdingen, wer interessiert sich schon für BAYER Uerdingen?! Scheiß Plastik-Klub – haben die überhaupt Fans?"

Im Grunde genommen konnte man ihm da auch nur recht geben: Diese Bayer-Werksvereine waren für den wahren Fußball-Fan schon eine rechte Plage, und auch Uerdingen war keineswegs für seine gehobene Fußballkunst bekannt. Also in Ordnung, kommenden Mittwochabend um Viertel vor acht vor dem Kino auf der Nordstraße.

Tor. Ich hab´s kommen sehen. Das kann doch wohl nicht wahr sein, liebe Fußballfreunde! Die Uerdinger laufen schon wieder ins offene Messer, kassieren das 1:3 durch ein Eigentor von Bommer, der den Ball unglücklich abfälscht – Vollack ohne jede Chance.

So, das war's jetzt wohl endgültig für Bayer, auch wenn ihnen noch reichlich Zeit bliebe ...

Verdammte Abzocker – das Popcorn schon wieder zehn Pfennig teurer! Dann halt die kleine Tüte. Die Jacke unterm Sessel verstaut, Werbung und Vorfilme zügig vorbeigeflimmert. Auf einmal wieder hell: „Eis? Jemand Eis?" - - - „Noch jemand Eis?"

Endlich dimmten die Lichter für den Hauptfilm herunter: Zwei Boxhandschuhe, der eine mit Streifen und Sternen, der andere mit Hammer und Sichel, kamen frontal aufeinander zugeflogen, um beim Aufprall in einem bombastischen Feuerball zu explodieren. Ging ja mal gleich gut los ...

Halbzeit. Der Schiedsrichter pfeift beim Stand von 1:3 zum Pausentee und die Uerdinger Fans sehen alles andere als hoffnungsfroh aus, so wie dieser arme kleine Junge hier im Uerdingen-Trikot, den man am liebsten in den Arm nehmen und drücken würde ...
Die ersten Zuschauer verlassen die Grotenburg bereits - wer will es ihnen verdenken?
Uerdingen bräuchte jetzt noch mindestens 5 Tore und dürfte dabei kein weiteres Tor mehr kassieren. Man hat ja schon Pferde vor der Apotheke …, aber so transusig, wie die Uerdinger heute spielen, kann ich mir nicht vorstellen, dass für sie hier noch was gehen könnte.

Der Film wollte einen Vergleich zwischen den beiden politischen Systemen anstellen und hatte sich dafür den Box-Sport herausgegriffen: Hier der aufrichtige amerikanische Naturbursche, der sich, um in Form zu kommen, voller Demut und Mühsal durch die schneebedeckte sibirische Steppe schlägt, dort in parallel montierten Bildern der Russe Ivan Drago, welcher von finsteren Gesellen in einer schummrigen Halle zur sowjetischen Kampfmaschine hochgespritzt wird. Ein Film wie ein schwarz-weißer Holzschnitt, bei dem jeder noch so kleine Zwischenton den Wert des Kunstwerks geschmälert hätte ...

Jawoll, 4:3 – unglaublich! Könnte hier vielleicht doch noch was gehen?
Noch fünfundzwanzig Minuten zu spielen, und Uerdingen bräuchte noch zwei weitere Tore, um das 0:2 aus dem Hinspiel zu drehen; wegen der Auswärtstor-Regel – für die die vielen Zuschauerinnen vor den Bildschirmen, die sich im Fußball nicht so auskennen und heute vielleicht zum ersten Mal überhaupt zusehen.

Es bleibt aber nach wie vor ein schwieriges Unterfangen, auch wenn die Zuschauer die Mannschaft jetzt frenetisch nach vorne peitschen und eine Stimmung erzeugen, wie ich sie in der Grotenburg noch nie erlebt habe. Und wer weiß: Vielleicht sind das ja die Schwingen, auf denen die Elf von Kalli Feldkamp ins Halbfinale getragen werden.

Also, auf geht's, Jungs, hart am Wind der Sonne entgegen! - - -
Herget auf Buttgereit, der raus auf Schäfer, Ball im Aus, Einwurf Bayer ...

„Ich muuuuuuuuuuus dich vernichten!" schleuderte der Russe seinem amerikanischen Gegner den Fehde-Handschuh vor dem ersten Gong vor die Füße,

111

was den Zuschauer noch tiefer in den Sessel sinken und nähmaschinenartig an seinen Nägeln kauen ließ. Das umso mehr, als kurz zuvor gezeigt worden war, wie der Russe einen ehemaligen US-Champion ohne einen Anflug von Mitleid im Ring totgeprügelt hatte.

Die Latte für unseren amerikanischen Helden war vom Drehbuch somit in nie gekannte Höhen gelegt worden, doch nach einem ansprechend choreographierten Ringtanz gelang es ihm tatsächlich, die gedopte russische Maschine fein säuberlich in seine Einzelteile zu zerlegen.

Elfmeeeeeeeeter, Elfmeter! - was ist denn hier los?!
Handspiel eines Dresdners, ich glaube, es war die Numero 4. Frage an die Regie: Können wir das vielleicht noch einmal in Zeitlupe sehen? Jedenfalls keine Proteste der Dynamo-Spieler.
Sooo, wer übernimmt jetzt die Verantwortung? - - - Wer macht es? - - Das ist jetzt die Frage.
Vielleicht wieder Wolfgang Funkel? Ganz ehrlich, ich möchte nicht in deren Haut stecken.
Ja, es ist tatsächlich wieder Funkel, der sich die Kugel schnappt. Bitte, Wolfgang, mach es! Mach es noch mal wie vorhin!
Er nimmt weit Anlauf, und ... Tooooor! Tooooooooooooor!
Das gibt es doch gar nicht, unglaublich: 6:3!
Kalli Feldkamp ist aufgesprungen, rennt wie ein Derwisch die Seitenlinie auf und ab – bei diesem Stand wäre Bayer 05 Uerdingen tatsächlich eine Runde weiter. Sollten wir hier wirklich Zeugen eines Wunders werden? Nach 0:2 im Hinspiel und 1:3 zur

Pause? Ich kann es mir immer noch nicht so recht vorstellen.

Hier noch einmal die Zeitlupe: Funkel mit dem platzierten Schuss links unten neben den Pfosten - keine Chance für Ramme, obwohl er die Ecke geahnt hat.

Liebe Zuschauer zuhause an den Empfangsgeräten, ich hoffe, Sie bekommen zumindest ansatzweise einen Eindruck von der wahnsinnigen Stimmung hier im Stadion ...

Und hier Klaus Sammer, der Trainer von Dynamo – rutscht jetzt nervös auf seiner Bank hin und her. Kann Dresden noch einmal zurückschlagen? Haben die womöglich noch ein letztes Ass im Ärmel?

Für Uerdingen kann das Motto für die letzten knapp 11 Minuten plus Nachspielzeit dagegen nur noch lauten: Hinten Zement anrühren und bloß kein weiteres Gegentor fangen. Und vielleicht sogar noch den einen oder anderen schnellen Konter setzen.

Spiel bleibt also spannend …

In der Schlussansprache nach seinem Sieg stellte der US-Boxer noch einmal die Überlegenheit der freien Welt gegenüber dem dunklen Sowjet-Reich heraus, bevor der mitfühlende Nachspann dem Spuk auf der Leinwand ein Ende setzte. Und auch der Dimmer im Saal bemühte sich bald darauf, wieder Licht in die nebulöse Angelegenheit zu bringen.

Schluss, aus - das war's!!! - - Jetzt ist es amtlich, das Wunder von Uerdingen ist vollbracht! - - Bayer Uerdingen ringt Dynamo Dresden mit sage und schreibe 7:3 nieder und zieht nach einem – man kann es gar nicht anders bezeichnen – völlig irren Spiel ins UEFA-Cup-Halbfinale ein.

Kann mich bitte mal jemand kneifen?! - -

Ich bin ja schon seit über 30 Jahren im Geschäft, aber sowas Verrücktes habe ich noch nie erlebt! Das war ein Spiel, von dem wir irgendwann noch unseren Enkeln erzählen werden – soviel ist sicher.

Und so eng liegen Freud und Leid beieinander: Während sich die Uerdinger die Trikots vom Leib reißen, sich in den Armen liegen, ausgelassen vor Freude über das Geläuf in Richtung Haupttribüne springen, liegen die Dresdner völlig ausgepumpt auf dem Rasen und starren in den sternenklaren Krefelder Abendhimmel.

Ja, das hätten sich die feinen DDR-Fußballer um Kirsten, Sammer, Dörner und Minge mit Sicherheit nicht träumen lassen, dass sie hier so gnadenlos abgeschlachtet werden. Bleibt zu hoffen, dass sie in der DDR jetzt nicht auch noch Repressalien zu befürchten haben. Bei denen weiß man ja nie ...

„Cooler Film, was?", fragte mich Marc beim Hinausgehen, und ich brummelte als Antwort etwas möglichst Uneindeutiges vor mich hin, um mir den Ärger über das Gesehene nicht allzu stark anmerken zu lassen.

„Sag mal ehrlich: Wenn man den Film so gesehen hat, wo würdest du lieber leben, in Amerika oder Russland?"

Auch wenn klar war, dass Marc nur eine Antwort für möglich hielt, hatte er damit doch eine verdammt gute Frage aufgeworfen, über die ich – zumal nach diesem Streifen – noch einige Tage nachgrübeln musste.

Konnte man sich denn wirklich einem Land verbunden fühlen, das ein solches cineastisches Verbrechen zu verantworten hatte? Und was war das für eine Gesellschaft, die ein derart naives Weltbild offenbarte und dieses auch noch aller Welt aufdrängte, ganz ohne jeden Selbstzweifel, ohne jegliche Ironie?

Nach dem ominösen Kino-Abend hatte ich mit Marc nicht mehr allzu viel zu tun. Wir spielten noch eine ganze Weile Basketball nebeneinanderher, verloren uns aber bewusst aus den Augen. Ich hätte nie für möglich gehalten, wie fremd man sich in nicht einmal zwei Stunden werden kann.

Und auch mit Hollywood habe ich bis heute gebrochen: Dass mir ausgerechnet dieses mit dem Untertitel „Kampf des Jahrhunderts" versehene Machwerk die schon wenig später zum Jahrhundertspiel erhobene Partie zwischen Bayer 05 Uerdingen und Dynamo Dresden verhagelte, wirkt bis heute nach; dieser Bruch mit Hollywood wird sich wohl schwerlich noch einmal wieder kitten lassen.

Ja, es scheint mir sogar so zu sein, dass ich durch diesen denkwürdigen trüben Abend im März 1986 gegen diese Art Popcornkino *made in USA* auf immer und ewig immunisiert wurde.

Dann doch lieber russische Filme oder zur Not auch solche aus der nördlichen Puszta ...